NOSSA NEGRINHA

ou esboços da vida de uma negra livre

NOSSA NEGRINHA

ou esboços da vida de uma negra livre

Harriet E. Wilson

Tradução
Cátia Bocaiuva Maringolo
Filipe Duarte

MAZA
edições

NOSSA NEGRINHA: ou esboços da vida de uma negra livre

CAPA
Túlio Oliveira

IMAGEM DA CAPA
Woman African Illustration. Illustration. Clipart.com School Edition, Authentic Creatives, LLC, 01-01-2020.

TRADUÇÃO
Cátia Bocaiuva Maringolo
Filipe Duarte

REVISÃO
Bruno D'Abruzzo

PROJETO GRÁFICO E DIAGRAMAÇÃO
Lorrany Mota de Almeida

W746n Wilson, Harriet E

Nossa Negrinha / Harriet E. Wilson ; traduzido por Cátia Bocaiuva Maringolo, Filipe Duarte. - Belo Horizonte : Mazza Edições, 2022.

136 p. ; 13,5cm x 20,5cm.

Tradução de: Our Nig

ISBN: 978-65-5749-055-6

1. Literatura americana. 2. Romance. 3. Racismo. I. Maringolo, Cátia Bocaiuva. II. Duarte, Filipe. III. Título.

CDD 813.5
CDU 821.111(73)-31

ELABORADO POR VAGNER RODOLFO DA SILVA - CRB-8/9410

ÍNDICE PARA CATÁLOGO SISTEMÁTICO:
1. Literatura americana : Romance 813.5
2. Literatura americana : Romance 821.111(73)-31

MAZZA EDIÇÕES LTDA.
Rua Bragança, 101 - Bairro Pompeia
30280-410 Belo Horizonte/MG
Telefone: (31) 3481-0591

NOSSA NEGRINHA

ou

Esboços da vida de uma negra livre.
Em um sobrado branco ao Norte.
Mostrando que as sombras da escravidão caem até mesmo por lá.

Por "Nossa Negrinha"

Eu sei
Que a preocupação possui coroas de ferro para muitas frontes;
Que Calvários estão por toda parte, onde
A virtude é crucificada; e pregos e lanças
Sugam inescrupulosamente sangue; que a tristeza se assenta e bebe
Nos corações mais dóceis, até que toda a sua vida esteja seca;
Que espíritos gentis no banco da dor
Crescem fracos ou ferozes, e oram e amaldiçoam aos turnos;
Que as tentações do inferno, envoltas em aparência celestial
E armadas com poder, ficam cada vez mais à espera
Ao longo do caminho da vida, atacando a todos.

Holland

Prefácio à edição traduzida para o português do Brasil

Obra lançada em 1859 e desaparecida na sequência, pelos conhecidos processos de apagamento por poderes hegemônicos e variadas relações de poder, com título provocativo, ao usar um apelido ofensivo dado à protagonista do romance, contemplado na escolha tradutória da presente edição, *Our Nig; or, Sketches from the Life of a Free Black* foi "redescoberta" em 1981, pelo crítico afro-americano Henry Louis Gates, Jr., e republicada em 1984,[1] com introdução deste. A partir desse ano, seguiu abrindo novos rumos de pesquisa dentro dos campos da arqueologia literária, da literatura e da cultura afro-americanas, da teoria da literatura e dos estudos comparatistas, em foco amplamente interdisciplinar.

Narrativa autobiográfica de Harriet E. Wilson, desde então vem sendo republicado em diferentes edições, sendo considerado, de maneira geral, o primeiro romance escrito por uma pessoa – uma mulher – afro-americana em

[1] London: Allison & Busby, 1984. Edição de 1984 por Gates.

solo estadunidense. De qualquer forma, críticos qualificam a obra como o primeiro romance afro-americano a se opor ao discurso hegemônico e às formas então institucionalizadas de pensar, ao quebrar o silêncio do chamado *outro* nos Estados Unidos da época e ao mostrar as atrocidades de tratamento conhecidas na escravidão no sul mas não no norte daquele país, sempre descrito como abolicionista, o que chocou leitores de então e chama pesquisadores e leitores de hoje à revisão, questionando narrativas que foram historicamente forjadas.

Nesse contexto, na linha crescente de publicações de textos afro-americanos e da diáspora africana em português do Brasil, chega-nos, neste ano de 2021, a tradução de *Our Nig; or, Sketches from the Life of a Free Black*. Texto unanimemente considerado clássico e fundamental para o campo dos estudos literários afro-americanos, para a compreensão de seu desenvolvimento, história e revelação de apagamentos de várias ordens, ao iluminar outros focos de pesquisa na área das literaturas afro-diaspóricas. Mais uma vez, a Mazza Edições, fiel à sua trajetória inovadora, é quem sai à frente com a publicação desta tradução.[2]

Trata-se de obra emblemática também, na medida em que leva a questionamentos de cunho racial sobre como traços e períodos tão relevantes da história afro-americana possam ter sido apagados e redescobertos dessa forma.

[2] As citações em inglês foram extraídas do original publicado em 2009 (WILSON, Harriet E. *Our Nig; or, Sketches from the life of a Free Black – 150th Anniversary Edition*. New York: Penguin Books, 2009). As citações em português do Brasil foram extraídas da presente tradução (WILSON, Harriet E. *Nossa Negrinha*. Tradução de Cátia Bocaiuva Maringolo e Filipe Duarte. Belo Horizonte: Mazza Edições, 2022).

O impacto semântico de seu título em inglês permanece chocante e mostra como a autora afro-americana segue atual, ao se destacar e chamar a atenção para a atrocidade da escravidão, ao se apropriar de um derivativo ("nig") de vocábulo que, ainda hoje, carrega gritante alerta de seu uso nos dicionários, por seu altíssimo sentido depreciativo, ofensivo e ultrajante, sempre visando ofender de forma racista a quem se refere. É tão profundamente ofensivo que se desenvolveu um eufemismo para ocasiões em que a própria palavra deva ser discutida, como em um tribunal ou em um editorial de jornal: "the N-word" ("a palavra N").

A utilização de "nig" antecedida pelo possessivo "our" traz para o foco, acrescida da noção de posse, a perversidade do apelido dado à personagem principal do romance desde os seus 6 anos de idade – Frado, uma menina filha de mãe branca e pai negro. Ela cresce em condições humilhantes, como empregada cativa de uma família branca do norte dos Estados Unidos, sendo torturada pela matriarca, espancada e forçada a dormir em espaço físico onde mal cabia. Desde sua chegada à casa, passa a ser chamada de "Our Nig" ("Nossa Negrinha", tal como propõe a presente tradução), de forma aparentemente contraditória inclusive pelas personagens que lhe devotavam algum mínimo afeto – estratégia utilizada pela autora, ao longo de toda a narrativa, para fazer refletir sobre características cruéis do racismo, tais como supostas ambiguidades, estruturas de poder entranhadas, sequelas e sofrimentos permanentes ao longo da vida das vítimas. Para retirá-lo, enfim, da exclusividade da esfera do comportamento individual e nos apresentar outras dimensões de viés institucional, estrutural, político e econômico, tal como mostra na obra.

Foi nesse pano de fundo que Gates, ao se deparar com o livro em um sebo, foi imediatamente atraído por seu título, pelo uso absolutamente incomum da palavra com todo seu significado à época de sua publicação nos Estados Unidos – e até os dias de hoje. Ao longo das pesquisas sobre a obra, o crítico relata o que imediatamente pensou: "I thought, 'This woman has spirit'. She used the N-word in the title." Abria-se ali um novo olhar para Harriet E. Wilson, escritora que iria voltar a impactar muitos e muitas com seu romance. Alice Walker reverencia o texto ao contemplar um de seus principais tópicos – o de analisar o sofrimento, o racismo e o sexismo em narrativas de mulheres afro-americanas que a antecederam. Walker afirma que, de alguma forma, com espiritualidade, Wilson alerta seus leitores para observarem a falta de humanidade em pessoas que alardeiam perceber o sofrimento do outro, mas em seguida nada fazem, e mais, tripudiam com palavras de cunho ofensivo, cujo teor fingem desconhecer. Reforça a atualidade do texto "redescoberto" anos antes, classificando-o como semente literária a ser plantada em um plano espiritual, a saber, nos corações e almas da juventude.[3]

Our Nig; or, Sketches from the Life of a Free Black marca importante mudança na concepção nos estudos do romance e suas datas marcantes na historiografia negra literária nos Estados Unidos. Estudos críticos que até então consideravam que o romance negro estadunidense não havia de fato se desenvolvido como arte até a virada do século XX,

---

[3] Alice Walker – the official website: https://alicewalkersgarden.com/2019/04/reading-our-nig-or-sketches-from-the-life-of-a-free-black-decades-later/.

passaram a afirmar, de modo geral, que, se a obra tivesse sido conhecida/redescoberta antes, ela teria influenciado o desenvolvimento do romance afro-americano de forma mais consistente em período temporal anterior, seja pelo uso mais elaborado da linguagem, seja pela criação de um universo narrativo mais intenso e convincente.[4]

Não se pode compreender a relevância do presente volume sem mencionar que os estudos de arqueologia literária passaram, a partir do final do século XX, a se constituir em área de constantes e intensas descobertas, em especial, no campo das intituladas *slave narratives* (*narrativas de escravizado/as*) nos Estados Unidos. Nesse sentido não podemos prosseguir sem apresentar algumas palavras sobre Henry Louis Gates, Jr., citado aqui como peça fundamental para a recirculação mais recente da obra. Professor de literatura e história afro-americanas na Universidade de Harvard, crítico literário renomado nos Estados Unidos, um dos maiores pesquisadores a oferecer estudos relevantes nos campos da arqueologia literária e do multiculturalismo, com contribuição pioneira para os hoje reconhecidos, estabelecidos, procurados e conceituados "African American Studies" nas universidades daquele país. Sua obra *The Signifying Monkey - A Theory of African-American Literary Criticism*,[5] com todos os conceitos que traz, revolucionou em muitos sentidos a teoria da literatura clássica.

---

[4] Interview with Henry Louis Gates, Jr. Gates and a literary critic discuss *Our Nig*, *Wired for Books*. Disponível em: https://web.archive.org/web/20110519234839/http://www.wiredforbooks.org/mp3/HenryLouisGates1983.mp3. Acesso em: 01/12/2020.

[5] GATES Jr., Henry Louis. *The Signifying Monkey - A Theory of African American Literary Criticism*. New York: Oxford University Press, 1989.

Em 1979, Gates tornou-se o primeiro negro a se doutorar pela Universidade de Cambridge, na Inglaterra. Em 1981, ao encontrar em uma livraria de Nova Iorque um volume de *Our Nig*, de Harriet E. Adams Wilson, provou que o que se supunha ao longo do tempo ser o pseudônimo de um homem era na verdade o de uma mulher negra e que o livro era o primeiro romance, escrito em 1859, de autoria de um indivíduo negro nos Estados Unidos de que se tem notícia. No início dos anos 1990, Gates publicou uma abrangente coleção de escritos afro-americanos produzidos no período de 1829-1940, que totalizou algo em torno de 12.000 contos, 18.000 poemas e 42.000 resenhas e artigos. Da análise desses documentos, o estudioso concluiu que a cultura afro-americana tem suas raízes primárias na própria América, e não na África, explicitando que, sem compreensão cultural, é impossível se atingir tolerância cultural.

Apesar de o registro pioneiro mencionado para a obra de Harriet E. Wilson siga como referência, não se pode omitir o fato de que ele hoje é, às vezes, contestado, a partir de outro resgate também feito pelo próprio Gates: *The Bondwoman's Narrative* (1857).[6] Até onde se sabe, esse romance escrito entre 1853 e 1861 por Hannah Crafts, pseudônimo de Hannah Bond,[7] autoproclamada escravizada que conseguiu fugir da Carolina do Norte

[6] CRAFTS, Hannah; GATES, Jr., Henry Louis. *The Bondwoman's Narrative.* Hachette UK, 2002.

[7] Para maiores detalhes, consultar *Professor Says He Has Solved a Mystery Over a Slave's Novel.* Disponível em: https://www.nytimes.com/2013/09/19/books/professor-says-he-has-solved-a-mystery-over-a-slaves-novel.html. Acesso em: 09/12/2020.

(estado no sul) para o norte. Apesar de o manuscrito não ter sido autenticado e corretamente publicado até 2002, não se pode deixar de mencionar o debate de datas e originalidade, por se tratar das raras obras conhecidas escritas por mulheres e cativas/escravizadas na mesma época. Além de *Our Nig*, cabe ainda menção à celebrada autobiografia *Incidents in the Life of a Slave Girl*, de "outra Harriet", a Harriet Jacobs, publicada em 1861.

Na edição de 2002 de *The Bondwoman's Narrative*, Gates escreveu o prefácio, no qual descreve a compra do manuscrito em um leilão em 2001, sua busca pela autenticação e pesquisa para identificar sua autoria. Ao comentar o fato à época, era nítida sua emoção ao dizer que não havia palavras para expressar o valor de tal descoberta para os estudos literários afro-americanos, na medida em que se transformava em nova revolução na compreensão do cânone da literatura negra feminina e trazia relevante contribuição aos estudos sobre gênero nas comunidades negras nos Estados Unidos. A constatação da autoria – encerrando longa pesquisa de mais de uma década – só viria a ocorrer em 2013, a partir de investigação de Gregg Hecimovich, professor na Winthrop University, fato atestado por Gates. Os dois assinariam, então, o prefácio da edição de 2014 com o relevante fato anunciado.

De volta a *Our Nig*, a obra levantou diferentes considerações de críticos sobre os possíveis motivos de seu apagamento. Parte da história de Mag Smith, uma mulher branca pobre do norte dos Estados Unidos que, após inúmeras desventuras da vida de pobreza, em momento de imensa penúria, sem horizontes, iria marcar o enredo de saída, revelando aspectos das relações étnico-raciais, opta por se casar com um africano, Jim, que se propõe a cuidar dela:

> "Você já teve suas provações com homens brancos, de qualquer maneira. Eles vão embora e deixam você, e agora nenhum deles chega perto de você para saber se está viva ou morta. [...]
>
> "Oh, querido", suspirou Mag. "Ninguém nesta terra se importa *comigo*..."
>
> "Eu me importo", interrompeu Jim.
>
> "Eu só posso fazer duas coisas", ela disse, "implorar pelo meu sustento, ou obtê-lo de você."
>
> "Me aceite, Mag. Eu posso lhe dar um lar melhor do que este e não deixar que você sofra assim."[8]

Com Jim, Mag teria dois filhos: uma menina de nome Frado – que vem a ser a protagonista da obra, como já visto, e um menino. Em meio à fome, exploração, falta de trabalho, demanda de favores e muito sofrimento, Mag vai se endurecendo, se tornando indiferente e perdendo qualquer sensibilidade, a ponto de deixar a filha de 6 anos na casa dos vizinhos, os Bellmonts, brancos de classe média baixa, supostamente por pouco tempo, mas já com a intenção de não retornar.

Forte libelo contra as desigualdades dos Estados Unidos da época e, especialmente, contra a escravidão, a obra trabalha de forma precursora questões que viriam a ser elaboradas por outras autoras naquele final de século e, especialmente, por Nella Larsen, no movimento artístico-literário do

---

[8] WILSON, Harriet. E. *Nossa Negrinha*. Tradução de Cátia Bocaiuva Maringolo e Filipe Duarte. Belo Horizonte: Mazza Edições, 2021. p. 33.

Renascimento do Harlem, até serem tratadas de frente e nomeadas *colorismo* por Alice Walker, em ensaio hoje histórico.[9]

Our Nig inicia seu diálogo, tantas vezes explícito com o leitor, em narrativa célere, aberta em primeira pessoa do singular, tal como ocorrerá em várias outras partes da obra. No entanto, é também narrada em terceira pessoa em uma sucessão de trechos, o que gerou dúvidas por parte de críticos sobre se tratar ou não de uma obra realmente autobiográfica. O que fica bem claro é que, com isso, aos poucos leitores e leitoras vão se dando conta do preconceito e da segregação raciais circundantes e de graus de exploração humana de toda ordem. Da denúncia do trabalho infantil – à filha Frado, no abandono, são impostas inúmeras e pesadas tarefas que ela cumpre em busca da sobrevivência – a espancamentos severos, instrução rudimentar, saúde debilitada sem qualquer cuidado por parte de alguém. Na casa da família que a "acolhe", os sofrimentos e a humilhação são incessantes, tendo como antagonistas imediatas, a mãe, a cruel Sra. Bellmont, e a filha, Mary, descrita como "impertinente e altiva". Como menos hostis, o pai, o Sr. Bellmont, que evita interferir nos mandos e desmandos da esposa em casa, e o filho, Jack, que decide pela permanência de Frado, dizendo: "Vamos ficar com ela. Ela é muito bonita e esperta, e nem é tão preta assim". Frado é, então, encaminhada a uma parte separada da casa, com condições de habitação desumanas: escura, inacabada, com espaço mínimo e teto baixíssimo, onde "uma pequena meia janela fornecia luz e ar."

---

[9] WALKER, Alice. "If the Present Looks Like the Past, What Does the Future Look Like?" In: ______. *In Search of Our Mothers' Garden*. San Diego: Harcourt Brace & Company, 1983. p. 290-312.

O narrador em terceira pessoa encerra as cerca de setenta páginas finais do romance, relatando o destino de cada uma das personagens. Alguns falecem e, entre os vivos, nenhum se lembra de Frado, cuja autoestima foi devastada pela vida junto àquela família. A última linha da obra, no capítulo XII, mais uma vez, aponta para a perversidade da escravidão. Apesar de a terem esquecido, após uma vida de humilhações sucessivas, com a saúde muito abalada e um filho para criar, Frado ainda bem se lembra deles. Nesse ponto, críticos viram uma clara referência ao escravo José, do *Gênesis*, da Bíblia: "Frado foi esquecida de suas memórias, como José esqueceu de seu servo, mas ela nunca deixará de rastreá-las para além da visão mortal."

Sobre esse capítulo final – "A resolução da questão" –, meio abrupto, de conclusão repentina, muito já se falou, destacando, entre outros pontos, a recorrente curiosidade do leitor, interessado em conhecer mais detalhes sobre o que teria ocorrido após o capítulo XI, intitulado "Casamento novamente", que parece abrir novas perspectivas narrativas. Teria Wilson encerrado a obra de forma abrupta por razões financeiras, se pergunta o público, especialmente, diante de seus apelos, no capítulo XII, retomando pedido já feito em seu Prefácio, para que os leitores não deixassem de comprar o livro, em clara tensão da voz ficcional com a voz autoral:

> Ainda uma inválida, ela solicita pela sua simpatia, gentil leitor. Não recuse, porque alguma parte da história dela é desconhecida, exceto pelo Onisciente Deus. O suficiente fora exposto para solicitar sua simpatia e ajuda.

Com esse capítulo, encerra-se o romance de Wilson. Uma narrativa sutil, nunca propriamente didática, em que as mulheres, por suas ações, se sobressaem aos homens negros, de forma geral fracos no enredo.

•••

Na ampla fortuna crítica gerada a partir da re/descoberta da obra, diferentes críticos apontam que a marginalização sofrida pelo romance e seu consequente apagamento por longos anos se deveu ao público branco, pois o livro fala diretamente aos leitores negros. Sua distribuição era limitada e não apreciada pelos abolicionistas do norte dos Estados Unidos, dada a explícita denúncia e o apelo à conscientização feitos por Wilson em relação aos abusos e às "sombras da escravidão existentes", dentro do sistema capitalista; isso, mesmo no norte, supostamente tido como amplamente a favor da abolição.[10] Na folha de abertura da obra, após o longo subtítulo, já constam pistas para futuros historiadores: "Our Nig; / Or, / Sketches from the Life of a Free Black, / *In a two-story white house, North / Showing that slavery shadows fall even there.*[11] / By 'Our Nig.'" ("Nossa Negrinha / Ou / Esboços da vida de uma negra livre. / Em um sobrado branco ao norte, / Mostrando que as sombras da escravidão caem até mesmo por lá. / Por 'Nossa Negrinha'").

Em importante artigo intitulado *Speaking the Body's Pain: Harriet Wilson's Our Nig*,[12] Cynthia J. Davis analisa diferentes representações da mulher negra apre-

[10] ERNEST, John. "Economies of Identity: Harriet E. Wilson's 'Our Nig'". *PMLA – Publications of Modern Language Association of America (Journal)*, vol. 109, n. 3, p. 424-438, May 1994.

[11] Itálicos nossos.

[12] DAVIS, Cynthia J., "Speaking the Body's Pain: Harriet Wilson's Our Nig". *African American Review*, vol. 27, n. 3, Women's Culture Issue, p. 391–404, Autumn 1993.

sentada por Wilson, assim como marcadores e perspectivas desafiadoras que a autora faz de mulheres brancas e negras, a partir das características das personagens Mag (mãe, branca) e Frado (filha, de mãe branca e pai negro, considerada negra pelos traços africanos claramente identificáveis). Demonstra que, ao contrário dos eventuais corpos negros femininos presentes em narrativas da época, sempre sexualizados, em *Our Nig* a dor é a mais relevante experiência corporal de Frado. E é a partir dela que Wilson, já desde a epígrafe da obra, mostra que esse será o foco principal trabalhado no romance, ao se colocar, de forma original, como autora negra, relembrando quantas mulheres da época sofreram brutalidades e dor semelhantes, mas jamais puderam denunciar, falar ou escrever sobre isso.

Análise significativa, dolorida e sofrida sobre a escravidão é também encontrada no artigo de Lois Leveen, *Dwelling in the House of Oppression: The Spatial, Racial, and Textual Dynamics of Harriet Wilson's 'Our Nig'*.[13] O espaço físico em que Frado foi forçada a viver na casa dos Bellmonts acabou se traduzindo em profunda incapacidade emocional para ela. Mesmo ao deixar aquela "casa", devido ao racismo, ao estrago decorrente e à forma brutal com que foi tratada lá, Frado jamais conseguiu ser livre. Crescer naquele espaço, desde os 6 anos de idade, era tudo o que ela possuía para comparar com qualquer nova experiência que viesse a seguir: viveu anos como prisioneira em espaço geográfico nacional supostamen-

[13] LEVEEN, Lois, "Dwelling in the House of Oppression: The Spatial, Racial, and Textual Dynamics of Harriet Wilson's 'Our Nig'". *African American Review*, vol. 35, n. 4, p. 561-580, Winter 2001.

te livre (o norte dos Estados Unidos no período). Não tinha escolhas, vontade, apenas seus pensamentos e sua dor como referência; poderia abandonar aquele cubículo que a mantinha presa ao passado, mas não tinha como abandonar sua mente, pensamentos e memórias: eles fariam dela uma eterna cativa.

Enfim, desde a primeira publicação após sua "redescoberta" nos anos 1980, já se passaram quase quarenta anos que Alice Walker e tantos outros vêm manifestando reverência e escrevendo sobre o romance e seu impacto na revisão da historiografia literária (feminina) afro-americana. Questionamentos literários de natureza variada têm sido levantados, e não seria possível caminhar para o encerramento deste prefácio sem mencionar a crítica Hazel Carby e sua antológica obra de 1987, *Reconstructing Womanhood: The Emergence of the Afro-American Woman Novelist*[14], na qual ela faz uma leitura da "casa de dois andares" (ou "sobrado", na escolha tradutória deste volume) do subtítulo como uma alegoria da nação – o Norte e o Sul – e do papel da tirânica e cruel Sra. Bellmont como uma alegoria da escravidão.

Gates, em entrevista aqui já mencionada, fala ainda, com base em sua intensa pesquisa, sobre alguns dados que descobriu em arquivos históricos acerca de quem teria sido Harriet E. Wilson (Harriet E. "Hattie" Adams – "Alfrado "ou "Frado", 1825-1900), os quais incorporamos a outros obtidos em outras fontes. Tais dados, em muitos momentos, levam de fato a se julgar *Our Nig* como uma obra autobiográfica. Nascida em Milford, New Hamp-

[14] CARBY, Hazel V. *Reconstructing Womanhood: The Emergence of the Afro -American Woman Novelist*. New York: Oxford University Press, 1998.

shire, uma fortaleza abolicionista, porém não muito receptiva a cidadãos ou visitantes "de cor", Wilson teria tirado daí boa parte da experiência de contexto que iria colocar em *Our Nig*. Aparentemente, ela própria, filha de mãe branca e pai afro-americano, tornou-se uma empregada cativa por anos, quando sua mãe a abandonou na casa de uma família local, tal como Frado. Com educação rudimentar e sofrendo de saúde debilitada, teria sido costureira e pioneira como empresária mulher e negra, dona de uma empresa de produtos para cabelos.

Um pouco depois da Guerra Civil (1861-1865) Wilson passou a devotar-se por longos anos à educação espiritual de crianças, como palestrante itinerante. Leitora assídua, tendo muito provavelmente lido um número considerável de livros e romances inspiradores, segundo Gates na entrevista, teria escrito o seu próprio romance – sob uma óptica negra – para obter recursos para cuidar do filho. A obra, lançada sob o pseudônimo de "Our Nig", entre aspas (na folha de abertura, lê-se, na presente tradução, "Por Nossa Negrinha"), traz um Prefácio no qual fica claro que se trata de uma autora negra e um Apêndice com três cartas de pessoas que asseguram a autenticidade do texto.

Com um enredo considerado extraordinário por muitos, tendo em vista inclusive o contexto histórico que retrata e que é atestado por outros, revela o racismo e o tratamento brutal de empregadas cativas no norte dos EUA, através, principalmente da personagem Frado, a protagonista, sempre desafiadora, irônica, espirituosa. Cabe ainda lembrar que foi publicada no final de 1859, pouco antes do enforcamento como pena, em 2 de dezembro deste ano, de John Brown, histórico e ativo líder abolicionista estadunidense, após liderar uma insurreição de escravizados que acabou derrotada por forças pró-escravidão. Nesse sentido, o livro chegava em época de acirramento de tensões nos Estados Unidos, com o início da Guerra Civil ocorrendo praticamente um ano depois, em 12 de abril de 1861.

•••

Não poderia encerrar sem agradecer o convite para escrita deste prefácio – uma honra e uma alegria. Agradeço, assim, a Eduardo de Assis Duarte, nome que dispensa qualquer apresentação no campo dos estudos literários afrodescendentes em nosso país. Desde o convite inicial na Bienal do Livro no Rio de Janeiro, em 2019, o tempo passou, em meio à vida atribulada e incessante dos pesquisadores brasileiros, e a pandemia chegou, interrompendo projetos e sonhos. Iniciei a escrita em 2020, ainda nos Estados Unidos, onde ficaria por período mais longo. Enfim, de volta, aqui estamos, apresentando esta obra clássica da Literatura Afro-americana aos leitores de português, em tradução que vem assinada por Cátia Bocaiuva Maringolo e Filipe Duarte.

Que o romance de Wilson mais uma vez em sua trajetória possa colaborar com reflexões significativas, nesta época de continuidade de revisões urgentes da questão das relações raciais em todas as esferas, no mundo e no Brasil.

Maria Aparecida Andrade Salgueiro

Professora titular – UERJ – Instituto de Letras; coordenadora geral do Escritório Modelo de Tradução Ana Cristina César; cientista do Nosso Estado-FAPERJ; procientista UERJ/FAPERJ; pesquisadora do CNPq.

Prefácio

Ao oferecer ao público as próximas páginas, a autora confessa sua inabilidade para ministrar, aos cultos e acadêmicos, prazer oferecido por canetas mais hábeis. Não é para tal que estas cruas narrativas aparecem. Abandonada pelos familiares, debilitada pela frágil saúde, eu sou forçada a algum procedimento que me ajudará a sustentar a mim e a meu filho sem que se acabe essa débil vida. Eu não irei por esses motivos atenuar a escravidão no Sul, ao revelar seus aparatos no Norte. Minha senhora era completamente imbuída de princípios *sulistas*. Eu não finjo divulgar todos os acontecimentos de minha própria vida, os quais o imparcial declararia desfavoráveis em comparação ao tratamento dos cativos por lei; eu propositalmente omiti o que mais pudesse provocar vergonha nos nossos bons amigos antiescravistas de minha terra.

Minha humilde posição e franca confissão de erros irão, eu espero, me resguardar de crítica severa. De fato, as falhas são tão aparentes que não requerem nenhuma mão hábil para expô-las.

Eu sinceramente apelo a meus irmãos e irmãs de cor por apoio, esperando que não condenem esta tentativa em ser erudita, mas que se manifestem ao meu redor como um grupo fiel de apoiadores e defensores.

Harriet E. Wilson

CAPÍTULO I

Mag Smith, minha mãe

Oh, pesar além de todos os outros pesares, quando a sina
Primeiro deixa o jovem coração sozinho e desolado
No vasto mundo, sem aquele cujo laço
Pelo qual se amou viver ou se temeu morrer;
Abandonado como o alaúde suspenso, próximo ao qual se falou
Desde o triste dia em que a corda principal foi rompida!
Moore

Solitária Mag Smith! Veja-a enquanto caminha com olhos abatidos e coração pesado. Nem sempre foi assim. Ela *já teve* um coração amável e afetuoso. Precocemente privada da tutela parental, levada para longe da família, ela foi deixada para guiar seu pequeno barco através das marés da vida sozinha e inexperiente. Ao tornar-se mulher, desprotegida, sem carinho, descuidada, caiu em seus ouvidos a música do amor, despertando uma intensidade de emoção há muito tempo adormecida. Sussurrou de uma elevação antes não aspirada; de tranquilidade e abundância que seu coração simples jamais havia sonhado como seu. Ela conhecia a voz do seu encantador que, arrebatadora, ressoava bem acima dela. Parecia um anjo, atraindo-a para si. Ela imaginou que poderia ascender a ele e tornar-se uma igual. Ela entregou-lhe uma joia inestimável, a qual ele orgulhosamente guardou como um troféu, juntamente com aqueles das outras vítimas e a abandonou à sua própria sorte. O mundo parecia cheio de enganadores odiosos e arrogância esmagadora. Ciente de que o grande laço de união com suas antigas companhias estava cortado, que o desdém dos outros seria insuportável, ela decidiu abandonar os poucos amigos que tinha e buscar asilo entre estranhos. Seu rebento veio indesejado e, antes que seu nascimento contasse semanas, foi-se desta terra, ascendendo para uma vida melhor e mais pura.

"Deus seja louvado", esbravejou Mag, enquanto via sua respiração cessar. "Ninguém poderá tocá-la com a minha desgraça."

Louvado seja!, podemos todos responder. Quantas crianças puras e inocentes não apenas herdam por si próprias um coração perverso, reivindicando o escrutínio e a restrição para toda a vida, como também são herdeiras da desgraça e da calúnia dos pais, dos quais somente longos anos de resistência paciente em caminhos de retidão podem lhes desincumbir.

A nova casa de Mag foi rapidamente contaminada pela divulgação da sua queda; ela possuía um sentimento de degradação que a oprimia; mas resolveu ser circunspecta e tentar reconquistar em alguma medida o que havia perdido. Então algumas línguas soltas zombavam de sua desonra, olhares tortos e cumprimentos frios a desanimaram. Ela percebeu que não poderia enterrar no esquecimento os seus malfeitos, assim, resolveu deixar sua casa e ir em busca de outra no mesmo lugar de onde havia inicialmente partido.

Infelizmente, quão temerosos nos sentimos em sermos os primeiros a estender a mão àqueles que cambaleiam nas lamas da infâmia, para pronunciar as primeiras palavras de esperança e advertência àqueles que emergem na luz solar da moralidade! Quem sabe dizer quantos, avançando o suficiente para ouvir uma recepção fria e se juntar à reservada conversa dos ditos reformados, desapontados, desencorajados que optam por residir em lugares impuros, em vez de encontrar esses tais "mais sagrados que vós" da grande fraternidade do homem!

Tal era a experiência de Mag; dispensando pedir favores ou amizade de um mundo desdenhoso, ela então decidiu se fechar em um casebre onde geralmente se hospedava em dias melhores, o qual sabia estar desocupado. Ela jurou não pedir favores para rostos familiares e morrer negligenciada e esquecida antes de tornar-se dependente de qualquer um deles. Distante da vila, ela raramente era vista, exceto quando a apresento a vós, caro leitor, com semblante abatido, devolvendo o seu trabalho a seu empregador e, assim, providenciando meios de subsistência. Em dois anos, muitas mãos ansiavam pela mesma ocupação, estrangeiros que barateavam a labuta e clamavam por subsistência competiam com ela, e ela, portanto, não conseguia se sustentar. Ela não estava agora acima de nenhum trabalho penoso. Ocasionalmente, velhos conhecidos a requisitavam para algum tipo de ajuda, à qual sempre estava pronta para atender pelo dinheiro que poderia obter; mas como a associação com essas pessoas era uma lembrança muito dolorosa de tempos idos, ela resolveu retornar para sua cabana, rabugenta e vingativa, recusando todas as ofertas de uma casa melhor do que possuía. Então viveu por anos presa aos próprios erros, mas não fazendo nenhum esforço para escapar. Ela nunca conheceu abundância, dificilmente competência, mas o presente estava além da comparação com aqueles anos inocentes quando a coroa da virtude era dela.

A cada ano a sua melancolia aumentava, seus meios diminuíam. Por fim, ninguém mais parecia notá-la, exceto um africano de bom coração que frequentemente a procurava para perguntar por sua saúde e para saber se ela precisava de algum combustível, já que ele detinha a responsabilidade de prover esse item, e ela, em troca, remendava ou fazia vestuários.

"Quanto você ganhou esta semana, Mag?", perguntou ele um sábado ao entardecer.

"Quase nada, Jim. Dois ou três dias sem refeição. Eu lavei para os Reeds e fiz um pequeno serviço para a Senhora Bellmont, e só. Eu provavelmente morrerei de fome em breve, a menos que consiga mais trabalho. As pessoas parecem tão receosas de vir aqui como se elas fossem pegar alguma doença terrível. Eu não creio que haja neste mundo uma pessoa sequer que não ficaria contente em me ver morta e fora do caminho."

"Não, não, Mag! Não diga isso. Você não vai passar fome enquanto eu tiver barris para fabricar. Pete Greene me hospeda barato. Eu vou te ajudar, se ninguém mais ajudar."

Uma lágrima brotou nos olhos apagados de Mag. "Fico feliz", disse ela, com um tom de voz mais suave do que antes, "se tiver *pelo menos uma* pessoa que não esteja feliz em me ver sofrer. Eu acho que toda a cidade de Singleton quer me ver punida, e acredito que eles querem decidir por quanto tempo devo ser punida. Será um longo dia pela frente quando eles assim o definirem, eu creio."

Após o provimento usual de combustível ter sido preparado, Jim retornou para sua casa. Cheio de pesares por Mag, ele começou a traçar planos para o alívio dela. "Mas é claro!", disse para si mesmo um dia – pois já havia ficado tão absorto no interesse por Mag, que caiu no hábito de falar sozinho em voz alta. "Mas é claro! Eu gostaria que ela se casasse comigo."

"Quem?", gritou Pete Greene, subitamente aparecendo de um canto despercebido da rude loja.

"De onde você veio, seu preto safado?", exclamou Jim.

"Vamos lá, me diga quem é?", disse Pete. "Mag Smith, você quer se casar?"

"Cai fora, Pete! E quando entrar nesta loja de novo avisa o preto aqui! Não fique se esgueirando como um ladrão!"

Piedade e amor não estão muito distantes. Um acompanha o outro. Jim percebeu a presença do primeiro, e seus esforços em favor de Mag revelavam um princípio mais puro.

Esse fato inesperado, que ele havia revelado sem intenção, fez eclodir seus pensamentos e poderes inventivos para estudar qual poderia ser a melhor maneira de apresentar o assunto a Mag.

Ele construía seus barris com a mente envolta em muitos pensamentos, nenhum dos quais o satisfaziam ou pareciam, em geral, vantajosos. Ele pensou no prazeroso contraste entre a face clara dela e a sua própria pele escura; o suave cabelo liso, o qual ele já havia, em uma expressão de piedade, gentilmente acariciado na agora enrugada, mas antes serena, fronte. Havia uma tempestade juntando-se no seu coração e, finalmente, para tentar suavizar sua paixão reprimida, Jim novamente exclamou: "Mas é claro!" Recordando sua revelação anterior, desta vez ele se certificou, olhando em volta, de que Pete não estava ouvindo novamente. Satisfeito nesse ponto, prosseguiu: "Para mim, ela iria ser um prêmio, mas que ficaria, no entanto, aquém do aceito pelos homens brancos. Não ligo para coisas do passado. Também já fiz coisas das quais me envergonho. De qualquer forma, ela é boa o suficiente para mim."

Mais uma olhada ao redor para ter certeza de que Pete estava longe.

No sábado seguinte à noite, Jim voltou ao casebre. O frio estava chegando rápido para permanecer o seu tempo devido. Mag estava à beira do desespero de precisar lidar com o rigor do inverno.

"Como você está de lenha, Mag?", perguntou Jim.

"Não tenho mais. E também não há mais para cortar também", essa foi a resposta.

"Que ruim!", exclamou Jim. Na verdade, sua resposta verdadeira teria sido: fico feliz.

"Alguma coisa para comer em casa?", ele prosseguiu.

"Não", ela respondeu.

"Que ruim!", novamente, ele responde com a mesma satisfação *interior* de antes.

"Então Mag", disse Jim, depois de uma pequena pausa. "Acho que você já sofreu o suficiente. Eu não vejo outra maneira, mas eu tenho que cuidar de você. A gente devia se casar."

Mag levantou os olhos, cheios de espanto, e pronunciou um sonoro: "O quê?"

Jim sentiu-se envergonhado por um momento. Ele sabia muito bem quais seriam as objeções dela.

"Você já teve suas provações com homens brancos, de qualquer maneira. Eles vão embora e deixam você, e agora nenhum deles chega perto de você para saber se está viva ou morta. Eu sou preto por fora, sabe, mas possuo um coração branco por dentro. O que você prefere: um coração preto em uma pele branca ou um coração branco em uma pele preta?"

"Oh, querido", suspirou Mag. "Ninguém nesta terra se importa *comigo...*"

"Eu me importo", interrompeu Jim.

"Eu só posso fazer duas coisas", ela disse, "implorar pelo meu sustento ou obtê-lo de você."

"Me aceite, Mag. Eu posso lhe dar um lar melhor do que este e não deixar que você sofra assim."

Ele prevaleceu; eles se casaram. Você pode filosofar, gentil leitor, sobre a impropriedade de tais uniões, e pregar dezenas de sermões a respeito do mal da miscigenação. O querer é um pregador e filósofo muito mais poderoso. Pobre Mag. Ela havia cortado um outro vínculo que a conectava a seus iguais. Ela desceu mais um degrau na escada da infâmia.

CAPÍTULO II

A morte de meu pai

Miséria! Nos conhecemos um ao outro
Como uma irmã e um irmão
Morando na mesma casa solitária
Muitos anos – devemos viver algumas
Horas ou eras ainda por vir.
Shelley

Jim, orgulhoso do seu tesouro – uma esposa branca –, tentou o máximo que pôde cumprir sua promessa, provendo-a com moradia, alimentação e vestuário mais aconchegantes. Foi, comparativamente, um inverno mais confortável que ela passou depois do casamento. Quando Jim podia trabalhar, tudo ia bem. Trabalhador e apaixonado por Mag, ele estava determinado a não deixá-la jamais se arrepender de sua união com ele. O tempo cobrou uma multa adicional sobre ele, em forma de dois bonitos mulatos, cujas travessuras infantis reembolsaram com sobra o trabalho pesado adicional. Alguns anos mais tarde, uma tosse severa e muita dor o obrigaram a ficar de cama por semanas e Mag teve, então, uma lembrança de tempos passados. Ela cuidava dele apenas como forma de suprir seu próprio conforto, mas ainda assim cuidou de maneira dedicada e fiel aos votos maritais, até que a morte dele libertou-a dessa obrigação. Ele foi vítima de tuberculose. Ele amou Mag até o fim. Enquanto a vida seguia, ele extinguiu sua sensibilidade para a dor, e trabalhou duro pelo sustento dela até muito tempo depois que fosse capaz de fazer isso.

Alguns desejos expressivos para o bem-estar dela; uma esperança de dias melhores; uma ansiedade para que não fossem todos eles para o "lugar bom"; conselhos rápidos a respeito de seus filhos; uma expressada esperança de que Mag não fosse negligenciada como ela costumava ser; a manifestação da paciência cristã; estes foram *todos* os legados da miserável Mag. Um sentimento de total desolação caiu sobre ela, no momento em que deu as costas para o túmulo daquele que havia sido verdadeiramente fiel a ela.

Ela agora fora expulsa da companhia de pessoas brancas; este último passo – sua união com um homem negro – havia sido o clímax da repulsa.

Seth Shipley, um parceiro nos negócios de Jim, queria que ela permanecesse em seu lar atual, mas ela recusou e retornou para seu antigo casebre, com obstáculos agora muito mais difíceis do que antes. Seth a acompanhou, dando a ela uma ajuda financeira semanal, que provinha a maior parte dos alimentos para os quatro moradores. Após algum tempo, o trabalho cessou, então os meios também reduziram.

Como Mag trabalhou duro e sofreu, chegando aos limites do desespero, acessos de fúria, lançando maldições deveras pesadas para serem reproduzidas. Quando ambos possuíam trabalho, prosperavam. Se desocupados, passavam fome. Nesse ponto seus interesses confluíam e, então, planejaram o futuro juntos. Mag vivera como um pária por anos. Ela havia deixado de sentir as torrentes de penitência; ela havia esmagado as agudas agonias de uma consciência desperta. Não ansiava mais por um coração puro ou uma vida melhor. E se arriscava a descer para níveis ainda mais baixos. Adentrou na escuridão da infâmia perpétua. Ela não pediu os ritos da sociedade ou do cristianismo. Sua vontade a fez esposa de Seth. Pouco tempo depois, vieram as familiares e sofridas cenas:

"Não adianta", disse Seth um dia. "Nós devemos dar as crianças e tentar obter trabalho em outro lugar."

"Quem vai querer estes diabinhos negros?", rosnou Mag.

"Eles não são meus", disse Seth. "Do que você está reclamando?"

"Ninguém vai querer nada de mim, nem de você", ela respondeu.

"A gente convence eles, quem sabe" ele disse. "Tem a Frado com seis anos de idade e bonita, se de fato ela é sua filha, as pessoas brancas irão dizer que sim então. Ela deve ser um prêmio em algum lugar. Ele continuou inclinando as costas da cadeira contra a parede e apoiando os seus pés, como se tivesse muito mais a dizer quando na posição correta.

Frado, como eles chamavam uma das filhas de Mag, era uma linda mulata com lindos e longos cabelos cacheados e olhos bonitos e espertos, que brilhavam com a exuberância de um espírito quase além de qualquer amarra.

Ouvindo seu nome ser mencionado, desviou a atenção de suas brincadeiras para saber o que Seth tinha a dizer a seu respeito.

"Será que os Bellmonts, não ficariam ela?", perguntou Seth.

"Os Bellmonts?", gritou Mag. "A esposa dele é uma diaba! E se..."

"Não seria melhor ficarem todos juntos?", interrompeu Seth, relembrando-se de um epíteto usado em referência aos seus próprios pequenos.

Sem parecer que o notava, ela continuou: "Ela não consegue manter uma garota em casa por mais de uma semana, e o senhor Bellmont quer contratar um menino para trabalhar para ele, mas não consegue encontrar um que aceite morar na mesma casa que ela; ela é tão horrível, eles simplesmente não conseguem."

"Bem, nós precisamos tomar uma atitude logo", respondeu Seth. "Se você for vir comigo, temos que partir muito em breve. Você não prefere ficar com a outra criança?", perguntou Seth, após uma pequena pausa.

"Uma é tão ruim quanto a outra", respondeu Mag. "Frado é uma coisinha selvagem e teimosa, só faz aquilo que lhe dá na cabeça. Ela não vai se não quiser. Eu não quero dizer a ela que vou abandoná-la."

"Eu irei", disse Seth. "Vem cá, Frado?"

A criança pareceu pressentir algo de ruim e não obedeceu.

"Vem cá", ele continuou. "Eu quero te dizer uma coisa."

Ela foi relutante. Ele pegou sua mão e disse: "Nós iremos nos mudar, tchau, tchau, você vai?"

"Não!", ela gritou, dando um súbito empurrão que desfez o equilíbrio de Seth e o deixou esticado no chão, enquanto ela escapava pela porta aberta.

"Ela é difícil", disse Seth, escovando sua manga de casaco remendado. "Eu arriscaria deixá-la com a família Bellmont."

Eles discutiram as providências para uma mudança rápida. Seth primeiro iria procurar emprego e então retornar para Mag. Eles iriam carregar o que pudessem, deixariam o restante com Pete Greene e retornariam para buscar quando precisassem. Eles já estavam arranjando os detalhes de forma satisfatória há um tempo, e não ficaram nem um pouco alarmados em perceber no final da checagem que Frado estava desaparecida. Imaginavam que o cair da noite a traria de volta. O entardecer converteu-se em escuridão e ela não apareceu. Pensaram que ela havia entendido os planos deles e poderia ter, talvez, ido embora permanentemente. Não poderiam descansar sem fazer algum esforço para assegurar seu retorno. Seth saiu em busca de Frado e retornou sem ela. Reuniram-se a outras pessoas na busca, quando descobriram que outra garotinha negra também havia desaparecido, a amiguinha favorita de Frado nas brincadeiras. Todos os esforços se provaram ineficientes. Mag teve certeza de que seus medos haviam se tornado realidade e de que talvez jamais fosse ver sua filha novamente. Antes que seus pressentimentos se concretizassem, ambas estavam de volta seguras, e soube por elas e por quem as acompanhavam que as meninas haviam simplesmente saído para caminhar e, sem se preocupar com a direção, acabaram perdidas. Tinham escalado cercas e muros, atravessado matos e pântanos e, quando a escuridão se aproximou, escolheram uma boa moita de arbustos como abrigo para a noite. Elas foram descobertas pela pessoa que agora as estava entregando. Ao serem encontradas, Frado falava sobre as possibilidades de salvamento e tentava afastar os medos infantis de sua companheira. Como estavam alguns quilômetros longe de casa, foram gentilmente cuidadas até a manhã seguinte. Mag estava aliviada em saber que sua filha não fora conduzida pelo desespero devido às intenções de se livrarem dela, e estava inclinada a pensar que uma repreensão severa seria saudável.

A partida foi planejada; os poucos dias necessários para tal migração passaram rápidos e, numa manhã bem clara de verão, eles deram adeus ao antigo casebre em Singleton, e com suas malas e pertences começaram sua cansativa marcha. No que eles se aproximavam da vila, ouviam os alegres gritos infantis de crianças reunidas na sala de aula, aguardando pela entrada do professor.

"Oiieee", gritou uma; "Preto, branca e café com leite!", "Preto, branca e café com leite!", ecoaram uma dúzia de vozes.

Esse fato não abalou Mag, como teria acontecido tempos atrás. Ela nem sequer voltou sua cabeça para olhar para eles. Tinha adotado uma insensibilidade tal que nenhuma provocação infantil poderia penetrá-la, caso contrário teria se desapontado ao passar por cenas familiares, por aumentar uma separação tão facilmente aniquilada pela integridade inabalável. Duas milhas adiante, vivia a família Bellmont, em uma grande casa branca e antiga de dois andares, cercada por hectares frutíferos e embelezada por arbustos e árvores que proviam sombra. Anos atrás, um jovem casal consagrou ali como lar; e depois de muitos pés pequenos terem marcado os caminhos para suas árvores frutíferas favoritas, sobre suas colinas verdes, e finalmente se misturado com o irmão da raça que não pertence ao veloz nem ao forte, o amo tornou-se grisalho e decrépito e partiu para o seu último repouso. Sua idosa consorte logo o seguiu. A antiga propriedade passou assim às mãos de um filho, para cuja esposa Mag usava o epíteto de "diaba", como pode ser lembrado. John, o filho, não tinha em seus arranjos familiares se afastado do exemplo do pai. Os passatempos de sua infância eram sempre revividos ao testemunhar os jogos de seus próprios filhos enquanto eles se reuniam nas mesmas vitórias que seus pés juvenis haviam frequentemente conquistado; bem como as diversões de suas filhas em suas imitações de tarefas maternas.

No momento em que aqui os apresentamos, no entanto, John está usando o emblema da idade. A maioria de seus filhos está fora de casa, alguns procuram emprego, alguns já estão instalados em suas próprias casas. Uma irmã solteira divide com ele a propriedade em que residem e ocupa uma parte da casa.

Dentro do campo de visão da casa, Seth sentou-se com suas coisas e a criança que ele guiava, enquanto Mag caminhava em direção à residência levando Frado. Uma batida na porta trouxe a Sra. Bellmont e Mag perguntou se poderia deixar aquela criança lá enquanto ia até à casa da família Reed para lavar e quando ela retornasse, chamaria Frado e a levaria consigo. Parecia um pedido peculiar, mas a Sra. Bellmont concordou. Por qual razão a criança impetuosa entrou na casa, não podemos dizer. A porta se fechou e Mag partiu rapidamente. Frado esperou o fim do dia para que trouxesse sua mãe de volta. Infelizmente, jamais voltou. Foi a última vez que viu ou ouviu sobre sua mãe.

CAPÍTULO III

Um novo lar para mim

Oh! Se não soubéssemos exceto das sombras tão próximas,
O mundo seria de fato uma prisão de escuridão
Toda a luz seria extinguida nos olhos eloquentes da juventude,
E toda cerceadora do infantil orador nos levaria ao extravio,
Pois se a Esperança é uma estrela que pode nos deixar desorientados
E "engana-vos o coração", como aqueles que com mais idade oram;
Entretanto, foste a Misericórdia que concedeu,
para iluminar nosso caminho,
Embora seu halo ilumine onde jamais pode ser alcançado.
Eliza Cook

Quando o dia acabou e Mag não apareceu, a surpresa tomou conta da família ao perceberem que ela nunca pretendia retornar. O Sr. Bellmont era um homem gentil e humano, que não recusaria a hospitalidade para o andarilho mais pobre, nem deixaria de simpatizar com qualquer sofredor, por mais humilde que fosse. O abandono da criança por parte de sua mãe apelou para sua simpatia e ele se sentiu inclinado a socorrê-la. Fazer isso em oposição aos desejos da Sra. Bellmont seria como ir de frente contra um turbilhão carregado de fogo, adagas e espadas. Ela não era suscetível a emoções puras como seu esposo. A opinião de Mag sobre ela não era sem fundamento. Arrogante, indisciplinada, arbitrária e severa. Em linguagem comum, ela era uma completa *rabugenta*. O Sr. Bellmont permaneceu em silêncio durante a discussão que se seguiu, que envolvia a mãe, Mary e John, ou Jack, como ele era costumeiramente chamado.

"Mande-a para a casa do condado", disse Mary, em resposta à consulta sobre o que deveria ser feito com a menina, num tom que indicava certa noção de superioridade. Ela era, de fato, a protegida de sua mãe, que mais de perto se parecia com ela em disposição e maneiras do que os outros.

Jane, uma filha inválida, a mais velha daqueles em casa, estava reclinada em um sofá, aparentemente desinteressada.

"Vamos ficar com ela", disse Jack. "Ela é muito bonita e esperta, e nem é tão preta assim."

"Sim", Mary concordou. "Isso é bem o seu tipo mesmo, Jack. Ela não nos terá utilidade nenhuma nos próximos três anos, um estorvo o tempo todo."

"Nã-não, senhorita Mary! Se ela ficar, não demorará dois dias para você sair contando para as suas amigas sobre a *nossa* Negrinha, *nossa* Negrinha!", remendou Jack.

"Eu não quero uma preta perto de *mim*, você quer mamãe?", perguntou Mary.

"Não me incomodo com o que tem de *preto* na criança. Eu até preferiria uma dúzia mais a apenas uma", respondeu sua mãe. "Se eu conseguir com que faça meu trabalho daqui a alguns anos, eu fico com ela. Tenho tantos problemas com as garotas que eu contrato, estou quase convencida de que se eu tiver uma para treinar e ensinar a fazer as coisas do meu jeito desde criança vou poder mantê-la por algum tempo. Estou cansada de mudar a cada mês."

"Onde ela poderia dormir?", indagou Mary. "Eu não a quero perto de mim."

"Na câmara em formato de L", respondeu sua mãe.

"Como ela vai chegar lá?", perguntou Jack. "Ela terá medo de passar por aquela passagem escura e não conseguirá subir a escada com segurança."

"Ela terá que ir para lá, é bom o suficiente para uma preta", foi a resposta.

Jack foi enviado a cavalo para verificar se Mag estava em sua casa. Ele voltou com o testemunho de Pete Greene de que eles tinham partido sem intenções de retornar e que a criança havia sido intencionalmente deixada com sua família.

A imposição não era de toda apreciada pela Sra. B. ou pela impertinente e altiva Mary, que acabara de entrar na adolescência.

"Mostre à criança a cama, Jack", disse sua mãe. "Você parece muito satisfeito com a pretinha, então você pode apresentá-la aos aposentos dela."

Ele foi até a cozinha e, levando Frado gentilmente pela mão, disse-lhe que a colocaria na cama agora e que talvez a mãe dela viesse na noite seguinte procurando por ela.

Ainda não estava bastante escuro, então eles subiram as escadas sem nenhuma luz, e passaram pelas salas agradavelmente decoradas, o que era um motivo de grande maravilhamento para a criança. Ele abriu a porta que levava ao quarto por uma passagem escura e inacabada. "Não bata a cabeça", disse Jack, pisando antes para abrir a porta que a conduziria ao aposento – uma câmara inacabada sobre a cozinha, o teto inclinado quase no chão, de modo que a cama só poderia ficar no meio do cômodo. Uma pequena meia janela fornecia luz e ar. Jack voltou para a sala de estar com a percepção de que a criança logo não iria caber naquele quarto.

"Quando for a *hora*, ela não vai caber nessa casa", observou a mãe.

"O que ela pode fazer para lhe ajudar?", perguntou Mary. "Ela veio no momento certo, não foi? Apenas um dia depois que Bridget saiu", continuou.

"Pela manhã eu irei verificar o que ela pode fazer", foi a resposta.

Enquanto essa conversa estava se passando na parte de baixo, Frado, deitada, revolvia em sua pequena mente se permaneceria ali ou não até o retorno de sua mãe. Ela era de natureza deliberada e determinada, estranha ao medo, e não hesitaria em fugir se assim decidisse. Lembrou-se da conversa de Seth com a mãe, da palavra "abandonada", que ouviu sendo usada em referência a ela, e, embora não conhecesse sua implicação completa, pensou que deveria, se fosse permanecer, manter alguma relação com pessoas brancas que nunca tinha conhecido antes. Então, resolveu aguardar, com a esperança de que a mãe voltasse dentro de um certo tempo. O sol quente invadia seu quarto e demorou muito para que uma brisa refrescante reduzisse a temperatura e ela conseguisse dormir.

Frado foi chamada no começo da manhã por sua nova senhora. Sua primeira tarefa foi alimentar as galinhas. Monstraram-lhe o ofício da maneira como *sempre* deveria ser realizado, nunca de nenhuma outra forma. Qualquer alteração nas regras e ela seria punida com o chicote. Então, Jack a acompanhou para levar as vacas para pastar, de modo que ela pudesse aprender o caminho. Ao retornar, autorizaram ela a tomar o café da manhã, que consistia em uma tigela de leite desnatado com crostas de pão integral, que lhe disseram para comer sem se sentar, perto da mesa da cozinha, e que não deveria levar mais de dez minutos. Enquanto isso, a família tomava a refeição matutina na sala de jantar. Findado esse momento, Frado foi colocada em cima de um banquinho para poder lavar os pratos comuns. E deveria estar sempre à disposição para trazer madeira e gravetos, e correr de um lado para o outro entre os cômodos da casa.

Após o jantar, havia uma grande quantidade de louça para ser lavada pelas pequenas mãos; e o mesmo se passou depois do chá e de ir atrás das vacas; findava-se o seu primeiro dia de trabalho. Era uma nova disciplina para a criança. Ela encontrou algumas atrações interessantes naquele lugar, e se retirou para descansar à noite mais disposta a ali permanecer. A mesma rotina seguiu-se dia após dia, com pequenas variações, acrescentando um pouco mais de trabalho e apimentando a labuta com "palavras de fogo" e frequentes golpes em sua cabeça. Esses foram grandes aborrecimentos para Frado e, se ela soubesse onde sua mãe estava, teria ido imediatamente a ela. A menina estava frequentemente exaurida e silenciosamente chorava por seu triste destino. No começo, chorava em voz alta, no que a Sra. Bellmont percebeu usando de um chicote, sempre à mão na cozinha. Era um sintoma de descontentamento e queixa que devia ser "cortado pela raiz", dizia ela.

Assim se passou um ano. Nenhuma notícia de Mag. Agora era certo que Frado se tornaria um membro permanente da família. Seus trabalhos foram multiplicados, ela era quase indispensável, embora ainda com apenas sete anos de idade. Ela nunca havia aprendido a ler, nunca tinha ouvido falar de escola até sua residência naquela família.

A Sra. Bellmont estava em dúvida sobre a utilidade de tentar educar pessoas de cor, que eram incapazes de elevarem a alma. Esse assunto ocasionou uma longa discussão na família. O Sr. Bellmont, Jane e Jack argumentando a favor da educação de Frado, Mary e sua mãe sendo contrárias. Por fim, o Sr. Bellmont declarou decisivamente que Frado *devia* ir à escola. Ele era um homem que raramente decidia as controvérsias em casa. Uma vez proferida a palavra dele, não havia recurso, portanto, apesar da objeção de Mary de que teria que frequentar a mesma escola que ela, a palavra se fez lei.

Era para ser uma nova realidade para Frado, e Jack tinha muitas dúvidas e conjecturas a responder. Ele estava muito avançado para frequentar a escola de verão, o que Frado lamentava, pois tinha tido muitas oportunidades de testemunhar o temperamento ruim de Mary para se sentir segura quando sozinha em sua companhia.

Chegou o dia da abertura da escola. Frado caminhava bem longe na retaguarda de Mary, que tinha vergonha de ser vista "andando com uma preta". Assim que ela apareceu, com roupas escassas e pés descalços, as crianças se juntaram em volta, ruidosamente anunciando sua chegada : "Olha aquela preta", gritou uma. "Olhem! Olhem!", gritou outra. "Eu não vou brincar com ela", disse uma garotinha. "Nem eu", respondeu outra.

Mary, evidentemente, se deliciou com aqueles ataques afiados e viu uma maneira justa de rebaixar a Negrinha para onde, segundo seu ponto de vista, ela pertencia. A pobre Frado, chateada e aflita, sentiu que suas possibilidades de satisfação em um lugar daqueles estavam longe de serem alcançadas. Ela estava quase decidida a voltar para casa e nunca mais retornar lá, quando a professora apareceu e, observando os olhares baixos da criança, pegou sua mão e a conduziu para a sala de aula. Todas seguiram e, findada a agitação inicial das crianças sentando nas cadeiras, a senhorita Marsh perguntou se elas sabiam "de alguma razão para a tristeza daquela garotinha", apontando para Frado. E então foi dito tudo. Ela assim lembrou a todos de seus deveres para com os pobres e desamparados, sua covardia ao atacar uma criança jovem e indefesa, referindo-se àqueles que olham as aparências exteriores, mas não o coração. "Ela parece ser uma boa menina, acho que eu *deveria* amá-la, então, deixem de lado todos os preconceitos e colaborem uns com os outros em demonstrar bondade e boa vontade para quem parece diferente de vocês", foram as palavras finais da amável senhorita. Aquelas palavras gentis! O som mais agradável que já havia chegado aos ouvidos de uma infância dolorida e enlutada.

O exemplo tornou as palavras da professora eficientes. Dia após dia, houve uma mudança manifesta de comportamento para com a "Negrinha". Suas conversas com frequência traziam alegria para as crianças, ninguém poderia fazer mais para animar seus passatempos favoritos do que Frado. Mary não podia suportar vê-la assim percebida, mas não sabia como impedir tal fato. Não conseguia influenciar seus colegas de escola como desejava. Ela não havia ganhado suas afeições sendo gentil e remediando os pontos de divergência. Pelo contrário, era egoísta, dominadora, todos os dias era retratada como "louca" por alguns de seus colegas. Então chegou à conclusão de qual deveria ser a única alternativa: abusos e provocações no caminho de volta da escola. Isso não foi suficiente, ela queria apelar à força física para "rebaixá-la" e "mantê-la no seu devido lugar".

Havia, a caminho de casa, um campo cruzado por um córrego sobre o qual uma única prancha era colocada para atravessá-lo. Ocorreu a Mary que seria um castigo para a Negrinha obrigá-la a atravessar, então, ela a arrastou até a borda e disse-lhe com autoridade para que atravessasse. A Negrinha hesitou, resistiu. Mary colocou-se atrás da criança e, no esforço para obrigá-la a atravessar, perdeu o equilíbrio e acabou por cair no córrego. Alguns alunos maiores da escola estavam à vista, correram e, assim, impediram Mary de se afogar e Frado de cair. Frado correu para casa o mais rápido possível, e Mary foi até a residência mais próxima, ensopada, para obter uma mudança de roupa. Em seguida, foi vagando para sua casa, meio chorando, exclamando: "A Negrinha me empurrou no rio!" E então relatou os detalhes. A Negrinha foi chamada da cozinha. Mary estava de pé, exalando raiva de seus olhos. O Sr. Bellmont estava sentado calmamente lendo o seu jornal. Já havia testemunhado muitos surtos de Mary para surpreender-se. A Sra. Bellmont então interrogou a Negrinha:

"Eu não fiz isso! Eu não fiz isso!", respondeu a Negrinha, calorosamente, e depois relatou a ocorrência com sinceridade.

A discrepância enfureceu a Sra. Bellmont. Com acusações ruidosas e gestos de raiva, ela aproximou-se da criança. Voltando-se para o marido, perguntou:

"Você vai ficar aí quieto, ouvindo essa preta chamar a Mary de mentirosa?"

"Como sabemos que ela não disse a verdade? Não vou castigá-la", ele respondeu e saiu da casa, como costumava fazer quando uma tempestade ameaçava cair sobre ele. Tão logo ele se retirou do recinto, Sra. Bellmont e Mary começaram a bater na menina desumanamente e, tampando a sua boca com um pedaço de madeira, a trancaram num quarto escuro, sem direito ao jantar. Para ocupar-se, enquanto a tempestade caía dentro de casa, o Sr. Bellmont foi pastorar o gado, tarefa que era destinada a Frado e que, portanto, involuntariamente prolongava a dor dela. Ao anoitecer, Jack entrou e, vendo Mary, decidiu confrontá-la. "Então você pensou que deveria se vingar da Negrinha, não é? Será que você não pode simplesmente deixá-la em paz? Foi muito merecido para você ter caído naquele rio, pena não ter permanecido ali nem metade do tempo necessário."

"Pare com isso!", disse sua mãe. "Nunca mais fale assim na minha frente. Você deixaria que aquela preta pisasse na Mary, não deixaria? Ela chegou em casa contando uma mentira e tentando invalidar a versão de Mary."

"Qual a versão de Mary?", perguntou Jack.

A mesma foi novamente contada.

"Agora sim", disse Jack sentando-se em uma cadeira. "Os alunos da escola viram tudo e contam a mesma história que a Negrinha. Qual tem mais chance de ser verdade: a que uma dúzia concorda ter visto ou o contrário?"

"É muito estranho que você acredite no que os outros dizem contra a sua irmã", retrucou sua mãe com um olho piscando. "Eu acho que é hora de seu pai te dar uma lição."

"O pai é um homem sensato", argumentou Jack. "Ele não maltrataria um cachorro. Onde está Frado?", continuou.

"A mãe lhe deu umas boas chicotadas e a trancou", respondeu Mary.

Só nesse momento o Sr. Bellmont entrou e perguntou se Frado ainda estava "trancada".

O conhecimento de sua inocência, a maldade de sua irmã, afetou horrivelmente Jack. Ele saltou da cadeira, procurou em cada cômodo até encontrar a criança, com sua boca amordaçada, seu rosto inchado e cheio de dor.

Como Jack compadeceu-se dela! Ele aliviou suas mandíbulas, trouxe-lhe uma ceia, a levou para os aposentos dela, confortou-a como pôde, sentou-se a seu lado até que ela adormecesse e depois partiu para a sala de estar. Ao passar por sua mãe, comentou: "Se eu soubesse que Frado seria tratada assim, gostaria que ela nunca mais despertasse!" Ele então reportou toda a situação para o pai, que parecia impassível, até notar em Jack um olho choroso. Jack foi cedo ter com Frado na manhã seguinte. Ela acordou triste, mas renovada. Depois do café da manhã, Jack a levou para o campo e a manteve em sua companhia durante todo o dia. Mas não poderia ser assim com frequência. Ela deveria voltar para a escola e para os deveres domésticos. Jack resolveu fazer o que podia para protegê-la de Mary e sua mãe. Comprou para ela um cachorro, que se tornou um grande companheiro dos dois. A irmã inválida, Jane, teria feito alegremente amizade com ela, mas não tinha forças para enfrentar a fúria impetuosa de sua mãe. Palavras gentis e olhares afetuosos eram as únicas expressões de simpatia que ela poderia manifestar com segurança. Os homens empregados na fazenda sempre ficavam contentes de ouvir tagarelices de Frado, que era deveras estimada por eles. A Sra. Bellmont permitia-lhes o privilégio de conversar com a garota na cozinha. Ela não temia, pois tinha grandes oportunidades de maltratar a criança quando eles estavam longe.

Frado pode aproveitar três anos de educação escolar, por três meses, no verão e inverno. Seu uniforme de trabalho no inverno era um sobretudo surrado, que havia sido descartado pelo Jack, e um gorro de verão. O gorro era uma fonte de grande divertimento para os alunos, mas as respostas de Frado eram tão espirituosas e a satisfação de seus colegas tão evidente quando ela atribuía a escolha da vestimenta à "Velha Vovó Bellmont", que o fato não se tornava algo doloroso para Negrinha ou mesmo agradável a Mary. As chicotadas ou repreensões que sofria não conseguiam apagar sua alegria. Na presença da Sra. Bellmont, Frado permanecia comedida, mas na cozinha e entre seus colegas de escola, os desejos reprimidos explodiam. Estava sempre envolvida em algum tipo de pregação de peças quando se encontrava fora da vista de sua professora no horário escolar. Com frequência, ocasionava uma explosão de alegria quando algum inocente colega era acusado e punido por uma travessura cuja mentora era ela. Seus colegas desfrutavam de suas travessuras de forma tão plena, que qualquer um deles sofreria injustamente as consequências para manter abertas as portas da alegria. Ela se aventuraria muito além da propriedade, assim protegida e encorajada.

A mesa do professor tinha gavetas nas quais eram armazenados seus livros e outros objetos relativos à profissão. Numa manhã antes da aula, as crianças observavam a Negrinha muito ocupada enquanto borboleteavam para dentro da sala em suas brincadeiras. O mestre chegou, colocou as crianças em ordem, abriu uma gaveta para pegar o livro necessário àquela ocasião, quando começou a sair muita fumaça. "Fogo! fogo!", gritou ele, com a voz mais alta que pôde. Nesse momento, reconheceu suficientemente o odor peculiar para saber que estava sendo enganado. Os pupilos então caíram na gargalhada ao ver o terror do bobalhão, que, sentindo-se envergonhado pelo medo desnecessário, não fez uma investigação mais rigorosa e a Negrinha mais uma vez escapou de qualquer castigo. Ela tinha conseguido cigarros e soprando, soprando na fenda da gaveta, encheu-a de fumaça e depois a fechou hermeticamente para enganar o professor e divertir seus colegas. O restante do período foi preenchido com uma variedade de novas e peculiares tarefas. Em casa, não importava o quão forte estivesse o calor quando enviada para recolher feno ou guardar o rebanho da pastagem, nunca tinha permissão para proteger sua pele do sol. Sua pele era alguns tons mais escura do que a de Mary. Que calamidade seria ouvir falar sobre tal contraste. A Sra. Bellmont estava decidida de que o sol teria todo o poder para escurecer a pele que a natureza havia lhe concedido como mais adequada.

CAPÍTULO IV

Um amigo para a Negrinha

Horas da minha juventude! Quando nutrido em meu peito,
Para amar um estranho, a amizade me fez abençoado:
– Amizade, o querido e peculiar vínculo da juventude,
Quando todo seio sem arte pulsa com a verdade;
Não ensinado pela sabedoria mundana como fingir;
E verificado cada impulso com reinado prudencial;
Quando tudo o que sentimos nossas almas honestas revelam –
Apaixonado pelos amigos, em ódio aberto aos inimigos;
Nenhuma história disfarçada os lábios da juventude repetem,
Nenhum conhecimento comprado pelo engano.

Byron

Com quais diferentes emoções estiveram os habitantes desta terra aguardando a aproximação deste dia. Alguns sofredores contavam as vibrações do pêndulo, impacientes por seu amanhecer que, agora tendo chegado, se encontravam ansiosos pelo seu fim. O devoto da alegria, consciente do vazio de ontem, deseja ter poder para prender a pressa do tempo até que mais algumas horas de prazer sejam aproveitadas. Os desafortunados ainda estão olhando fixamente em vão por nuvens douradas que gostariam que tivessem aparecido em seu horizonte. O bom homem sente que conseguiu muito pouco para o seu Senhor e suspira, pois um outro dia logo deve chegar ao fim. A infância inocente, cansada da sua estadia, anseia por outro dia. Homens ocupados clamam: Espera! Espera! E perseguem-no para mais um amanhecer. Todos estão insatisfeitos. Todos desejam algo de bom que ainda não possuem e esperam que o tempo o traga em seus amanhãs.

Era estranho que, para uma criança inconsolável, três anos parecessem um longo, longo tempo? Durante o período escolar, ela descansava temporariamente da tirania da Sra. Bellmont. Frado tinha agora nove anos de idade e sua senhora dizia que tais privilégios iriam acabar.

Ela agora podia ler e soletrar, e sabia as etapas elementares de gramática, aritmética e redação. Com sua formação escolar terminada, como *ela* disse, a Sra. Bellmont sentia que o tempo e a pessoa de Frado lhe pertenciam com exclusividade e que a criança lhe estava submetida em todos os sentidos da palavra. Que oportunidade de satisfazer sua natureza perversa! Não importava o que acontecesse para importuná-la, ou de onde viesse a provocação, real ou imaginada, alguns golpes desferidos contra a Negrinha pareciam aliviá-la de uma parte de sua animosidade.

Esses eram dias em que Fido era o único confidente de Frado. Ela confessava-lhe suas tristezas e sofrimentos como se fosse humano, e ele se sentava tão quieto e ouvia com tanta atenção que ela realmente acreditava que o cachorro compreendia suas dores. Todos os momentos de lazer que conseguia adquirir eram usados para ensinar-lhe alguma façanha canina, portanto, Jack o considerava muito astuto e ficava verdadeiramente satisfeito ao saber que lhe havia dado um presente que correspondesse às suas intenções.

Fido era o assistente constante de Frado, quando esta cumpria ordens de entregar recados, indo e voltando com as vacas para os campos ou para a vila. Se alguma vez ela pôde esquecer suas dificuldades, era porque estava na companhia dele.

A primavera agora se aproximava do fim. James, um dos filhos ausentes, era esperado em casa para uma visita. Ele ainda não havia conhecido a mais nova aquisição da família. Jack tinha lhe reportado fielmente a respeito de todos os méritos de sua *protegida* de cor e insinuava abertamente que a mãe nem sempre a tratava da maneira exatamente correta. Muitos foram os preparativos para tornar a visita de James agradável e, à medida que se aproximava o dia de sua chegada, grandes esforços foram despendidos para cozinhar os seus pratos favoritos e para preparar a melhor mesa de jantar.

A manhã do dia da chegada foi extremamente ocupada. Frado não conhecia quem era de tanta importância. Seus passos corriam de um lado para o outro de forma incansável. A Sra. Bellmont parecia bem fatigada e seus sapatos que tinham pela manhã um ritmo metódico, se transformaram em um arrastar irregular e irritante.

"Pegue uma madeirinha para fazer fogo", disse a Sra. Bellmont em tom afiado. Frado obedeceu, trazendo a menor que conseguiu encontrar.

A Sra. Bellmont aproximou-se dela e, dando um safanão em sua orelha, reiterou a ordem.

Se os primeiros gravetos que a criança trouxe haviam sido os menores que encontrara, óbvio que os segundos deveriam ser um pouco maiores. Ela bem sabia que eram, enquanto os jogava dentro de uma caixa na lareira. Para a Sra. Bellmont aquilo era uma afronta ainda pior, bem como o fato de a Negrinha lhe trazer uma madeira maior. Então, ela lhe deu uma "lição" com o chicote e a mandou uma terceira vez que buscasse uma "madeira menor".

Frado, choramingando, não sabia o que fazer. Ela havia trazido a menor madeira possível, mas nenhuma delas se adequara às vontades de sua senhora, é claro que outra punição a esperava, então ela recolhia o que encontrava pela frente e jogava na lareira. Como esperava, a Sra. Bellmont, enfurecida, aproximou-se dela e a chutou com muita força para jogá-la no chão. Antes que ela pudesse se levantar, outro golpe frustrou a tentativa, e depois seguiram-se chutes atrás de chutes em rápida sucessão e força, até que ela alcançou a porta. O Sr. Bellmont e a tia Abby, ouvindo o barulho, correram para dentro, a tempo de ver a última cena. Negrinha então saltou e correu da casa, fora da vista de todos.

Tia Abby voltou para seus aposentos, seguida por John, que murmurava para si mesmo.

"O que você estava dizendo?", perguntou tia Abby.

"Eu disse que esperava que a criança nunca mais voltasse para esta casa."

"O que seria dela? Você não pode estar falando *sério*", continuou sua irmã.

"Eu quis dizer isso sim. A criança trabalha tanto quanto uma mulher. E veja como ela é chutada."

"Por que você permite isso, John?", perguntou a sua irmã.

"O que eu posso fazer para ajudar? As mulheres mandam no mundo e tudo que há nele."

"Eu acho que deveria governar minha própria casa, John".

"E viver no inferno enquanto isso", acrescentou o Sr. Bellmont.

John foi então passear no celeiro para aguardar que a tempestade se acalmasse.

Tia Abby teve um vislumbre de Negrinha quando ela passava pelo quintal. Mas para detê-la, ou mostrar que *ela* lhe daria abrigo, na presença da Sra. Bellmont, só traria mais ira sobre sua cabeça indefesa. Sua cunhada possuía grandes preconceitos contra ela. Uma das causas desse distanciamento teria sido o fato de que ela não tinha dado sua parte na divisão da propriedade de John e ido embora para sempre. A outra era que ela era professora de religião (assim como a Sra. Bellmont), mas Nab, como era chamada, não vivia de acordo com os preceitos de sua profissão; outra que às vezes ela oferecia bolo e torta à Negrinha, os quais a menina nunca tinha permissão para comer em casa. Mary com frequência notava e falava a respeito de suas inconsistências.

A hora do jantar havia passado. Frado não tinha aparecido. A Sra. Bellmont não fez nenhuma investigação ou busca. Tia Abby procurou longamente e a encontrou escondida em uma construção anexa a casa. "Entre nos meus aposentos comigo", implorou tia Abby.

"Eu não vou entrar nesta casa nunca mais", soluçou a criança.

"O que você vai fazer?", perguntou tia Abby.

"Eu vou ficar aqui e morrer. Não tenho mãe, nem casa. Quem me dera estar morta."

"Pobrezinha", murmurou a tia Abby, que sorrateiramente, após dar-lhe um pouco de janta, a deixou sozinha com seu sofrimento.

Jane foi conversar com a tia sobre o assunto, e inteirou-se a respeito da fuga de Frado. Ela teria de bom grado a acolhido em seus aposentos e atendido às suas necessidades, mas dependia de Mary e de sua mãe por cuidados, e qualquer desagrado causado por atenção dada à Negrinha, seria seriamente mal compreendido.

À noite James chegou de carruagem. Um momento de saudação geral, questionamentos a respeito dos membros ausentes da família, uma visita ao aposento da tia Abby e o desempacotamento de algumas iguarias para Jane levaram-nos à hora do chá.

"Onde está Frado?", perguntou o Sr. Bellmont, observando que ela não estava em seu lugar habitual, atrás da cadeira de sua senhora.

"Não sei, e não me importo. Se ela voltar a aparecer, esfolarei a pele do seu corpo", respondeu sua esposa.

James, um jovem de aparência fina, com um semblante agradável, plácido e ainda decididamente sério, mas não severo, olhou confuso. Ele não era estranho à natureza de sua mãe, mas anos de ausência apagaram as ocorrências uma vez tão familiares, e ele então perguntou: "É esta a bela e pequena Negrinha sobre quem Jack me escreve a respeito, com a qual a senhora é deveras severa, minha mãe?"

"Não vou deixar muito da beleza dela para ser vista, caso ela apareça, e agora John", disse a Sra. Bellmont virando-se para o marido, "você nem pense em permitir que ela me trate dessa maneira, veja o quão impertinente ela foi esta manhã. Ela deve aprender qual é o seu lugar."

O Sr. Bellmont ergueu o olhar calmo e decidido sobre ela e disse de forma decisiva: "Você não deve nem golpeá-la nem escaldá-la ou esfolá-la como você diz, se ela voltar novamente. Lembre-se disso!" E colocou a mão sobre a mesa. "Eu já a procuro há uma hora sem sucesso de encontrá-la nas imediações. Você sabe onde ela está? Ela é *sua* prisioneira?"

"Não! Acabei de lhe dizer que não sei onde ela está. Nab a escondeu em algum lugar, eu suponho. Oh meu Deus! Não pensei que chegaria a isso, que meu próprio marido me trataria assim." Então rápidas lágrimas desciam em seu rosto, as quais ninguém além de Mary parecia notar. Jane entrou silenciosamente no quarto da tia Abby. O Sr. Bellmont e James saíram pela porta, e Mary permaneceu na companhia de sua mãe.

"Você sabe onde está Frado?", perguntou Jane para sua tia.

"Não", ela respondeu. "Eu a procurei por toda parte. Ela abandonou seu primeiro esconderijo. Não consigo imaginar o que pode ter acontecido a ela. Lá vem Jack e Fido. Talvez ele saiba." E caminhou até uma janela próxima, onde James e seu pai conversavam.

Os dois irmãos trocaram uma saudação cordial, e então o Sr. Bellmont disse a Jack para ir comer sua ceia; depois disso pediu que se retirasse. Ele imediatamente entrou. Acostumado a todas as fases das tempestades dentro de casa, de um gemido a um trovão e relâmpagos, viu rapidamente os sinais de tumultos, pois esteve ausente o dia todo com os homens contratados.

"Qual é o burburinho?", perguntou ele, correndo em direção aos aposentos da tia Abby.

"Coma sua ceia", disse Jane. "Vá para casa, Jack."

Novamente atravessando a sala de jantar e em direção a seu pai.

"Qual é o burburinho?", mais uma vez perguntou a seu pai.

"Coma sua ceia, Jack, e veja se você consegue encontrar a Frado. Ela não foi vista desde manhã e, então, foi enxotada da casa."

"Não vou comer a minha ceia até encontrá-la", disse Jack, com indignação. "Venha James, venha ver a pequena criatura que a nossa mãe trata tão mal."

Eles começaram as buscas, chamando, procurando, tentando persuadir a menina, ao longo de todo o caminho. Nada de Frado. Voltaram para casa a fim de checar se ela teria retornado. James e Jack declararam que não dormiriam até que ela fosse encontrada.

A Sra. Bellmont tentou dissuadi-los da busca. "Era uma vergonha que uma pretinha causasse tantos problemas."

Foi então que Fido veio correndo, e Jack exclamou: "Fido sabe onde ela está, eu aposto."

"Eu também acho", disse seu pai, "mas não seremos mais espertos a menos que possamos enganá-lo. Ele não irá fazer o que sua dona o proibiu."

"Eu sei como consertar isso", disse Jack. Tirando um prato da mesa, que ainda estava aguardando, ele então o chamou: "Fido, Fido, Frado quer jantar. Venha!" Jack começou, o cão o seguiu e logo pulou adiante, distante, distante, nos campos, por cima de muros e através de cercas, em direção a um terreno pantanoso. Jack seguiu de perto e logo se tornou visível para James, que estava bem na retaguarda, a imagem de Jack persuadindo e forçando Frado a seguir com ele.

Uma criança frágil, retirada de seu abrigo pela crueldade de sua mãe, era um objeto de interesse para James. Os irmãos a persuadiram a ir para casa com eles, aqueceram-na próxima ao fogareiro na cozinha, lhe deram uma boa ceia e a levaram com eles para a sala de estar.

"Tire essa negrinha da minha vista", foi a ordem da Sra. Bellmont antes que conseguissem se sentar.

James levou-a para a tia Abby, onde sabia que seriam bem-vindos. Conversaram um pouco até Frado parecer alegre. Então James a conduziu ao seu quarto e esperou que dormisse.

"Você está feliz por ter voltado para casa?", perguntou James.

"Sim, se você não me deixar ser chicoteada amanhã."

"Você não será chicoteada, você deve tentar ser uma boa garota", aconselhou James.

"Se eu fizer isso, sou açoitada", chorava entre soluços a criança. "Eles não vão acreditar no que eu digo. Oh, eu queria ter minha mãe de volta, então eu não seria chutada e açoitada assim. Quem me fez assim?"

"Deus", respondeu James.

"Deus fez você?"

"Sim."

"Quem fez tia Abby?"

"Deus."

"Quem fez sua mãe?"

"Deus."

"O mesmo Deus que a fez, me fez?"

"Sim."

"Bem, então eu não gosto dele."

"Por que não?"

"Porque ele a fez branca e a mim negra. Por que ele não nos fez *ambas* brancas?"

"Eu não sei. Tente dormir e você se sentirá melhor pela manhã", foi toda a resposta que ele poderia dar para suas complicadas indagações. Passou-se muito tempo antes de ela caír no sono; e apenas alguns dias antes de James se sentir com vontade de visitar e se divertir com velhos conhecidos e amigos.

CAPÍTULO V

Partidas

A vida é uma alameda estranha com várias árvores e flores
Luminosa no início, mas escurecida quando
chega ao fim em portal distante e massivo
Começa com um pequeno caminho,
margeado com a violeta e prímula
Um pequeno caminho de grama
relvada e macio a pés pequenos.
Logo, cardos primaveris no caminho.
Tupper

Findou-se o período de visitas de James. Frado tornara-se demasiadamente apegada a ele e, com tristeza, ela ouviu e se juntou às despedidas que precederam sua partida. A lembrança de sua bondade a animou durante muitos cansativos meses, e uma palavra ocasional para ela, em cartas dirigidas a Jack, era como "águas frias para uma alma sedenta". Chegou ao seu conhecimento o fato de que James logo se casaria. Frado esperava por esse acontecimento, que isso a tiraria do tratamento tão severo ao qual estava submetida. Fardos adicionais foram colocados sobre ela desde a partida do rapaz. Ela agora devia *ordenhar* as vacas, antes apenas tinha que pastorá-las. Rebanhos de ovelhas haviam sido acrescentados à fazenda, o que diariamente demandava uma boa parte do seu tempo. Na ausência dos homens, ela devia aprontar o cavalo para Mary e sua mãe poderem cavalgar, ir ao moinho, em suma, fazer o trabalho de um menino enquanto suportava os maus-tratos da Sra. Bellmont. Ela era sempre a primeira a estar de pé, fazendo o que podia até o café da manhã. Ocasionalmente, ela fazia algo engraçado para que Jack risse, enquanto aguardava na mesa, provocando um olhar afiado da mãe dele ou uma expulsão do recinto.

Em certa ocasião, eles a encontraram no telhado do celeiro. Alguns reparos eram necessários, pois um andaime de madeira fora erguido sem ser totalmente removido. Fazendo uso das escadas, Frado encontrava-se toda feliz na parte mais alta da estrutura. O Sr. Bellmont ordenou severamente que descesse; a pobre Jane quase desmaiou de medo. A Sra. B. e Mary nem se importariam caso ela "quebrasse o pescoço", enquanto Jack e os homens riam de seu destemor. Estranho, um pequeno brilho de divertimento conseguia permanecer em meio ao trabalho pesado e constante. Porém, seu temperamento natural era em grande medida cheio de alegria, e o encorajamento que ela recebia de Jack e dos empregados nutria a sua inclinação. Quando ela não tinha mais ninguém da família por perto para se alegrar, se divertia com os animais. Entre as ovelhas havia uma líder obstinada, que sempre insistia em ser servida primeiro e, muitas vezes, em sua fúria, jogava Negrinha no chão. Um dia, após tantas provocações, a menina resolveu dar o troco. A pastagem em que as ovelhas se alimentavam era rodeada dos três lados por um largo riacho, que corria ao lado de uma ribanceira. Nos primeiros momentos de folga do seu pastoreio, ela correu para o pasto com um prato em suas mãos e, subindo no ponto mais alto de terra mais próximo do riacho, chamou o rebanho para a refeição de mentirinha. O Sr. Bellmont e seus empregados estavam à vista, porém, sem que Frado os percebesse. Eles pararam para ver o que ela estava prestes a fazer. Se acaso, por um pequeno deslize ela escorregasse, cairia rolando pela ribanceira e, sem socorro, certamente se afogaria. Eles pensaram em gritar para ela, mas temiam que o gesto inesperado a assustasse e assim causasse o que na verdade queriam impedir que acontecesse. Eles assistiam a tudo em silêncio, sem nem respirar. Então, a teimosa ovelha veio saltitando e pulando furiosamente bem à frente do restante do rebanho. No momento exato em que a ovelha foi em direção ao prato, a menina saltou de repente para o outro lado. A ovelha caiu no riacho e teve que nadar até o outro lado, lá permanecendo sozinha até a noite. Os homens caíram na gargalhada, causada pela travessura da menina, e descobriram assim seu objetivo. O Sr. Bellmont teve uma conversa seríssima com ela, advertindo-a sobre o risco de ter se colocado em tal perigo. Mas ela saltitava na ponta dos pés e, com caretas de risadas, respondeu que sabia ser rápida o suficiente para "dar um escorregão na ovelha".

Mas retomando. James casou-se com uma dama de Baltimore de pais ricos, um requisito indispensável que sua mãe sempre lhe ensinara. Ele não se casou com sua riqueza, pois a amava verdadeiramente. Ela não era diferente de sua irmã Jane, que tinha uma natureza social, amorosa e gentil, *muito* dócil na sua opinião. Susan, a esposa, tinha uma firmeza que Jane precisava para completar sua personalidade, mas a qual sua frágil saúde pode ter tido, em certa medida, falhado em produzir. Apesar de inválida, ela não havia sido excluída da sociedade. Seria então de se estranhar que ela pudesse parecer uma companhia desejável, um tesouro como esposa?

Dois jovens pareciam desejosos de desposá-la. Um era o vizinho, Henry Reed, um jovem alto, com cabelos cor de areia e olhos azuis e sinistros. Ele parecia apreciar as suas vontades e observar com interesse sua melhora ou piora. Ela reconheceu a bondade dele e por isso quase foi conquistada. Sua mãe desejava que ela incentivasse o interesse do rapaz. E contou os alqueires que deveriam ser transmitidos para um filho único, ela sabia que havia prata na bolsa e que Jane não deveria ser tão sentimental.

A avidez com que Henry acumulava riqueza era repugnante para Jane, ele não poupava sua pessoa ou animais nessa busca. A moça sentiu que, para tal homem, ela seria considerada uma incumbência e duvidava que de fato a desejasse, se não soubesse que ela trazia um belo patrimônio. Sua mãe, completamente de acordo com os pais de Henry, ordenou que ela o aceitasse. Jane se comprometeu, cedendo aos desejos de sua mãe, porque não tinha forças para se opor a eles e, às vezes, quando testemunhava a tirania de sua mãe e de Mary, sentia que qualquer mudança em sua vida seria preferível, mesmo sendo algo assim. Sabia que seu marido deveria ser homem de sua própria escolha, um que estivesse consciente de preferir antes de todos os outros. Ela não podia dizer isso a respeito de Henry.

Nesse dilema, um visitante veio aos aposentos de tia Abby, um de seus garotos favoritos: George Means, de um estado vizinho. Sensato, sem atrativos, agradável, talentoso, ele não conseguia permanecer por muito tempo um estranho para quem desejava conhecê-lo. Jane sempre tinha o costume de se sentar com a tia Abby. Sua presença agora parecia necessária para ajudar a divertir esse jovem amigo. Ela estava a cada dia mais contente com George e silenciosamente desejava que Henry possuísse mais do refinamento e dos modos polidos do rapaz. Sentia-se insatisfeita com a situação. Os chamados de Henry enquanto George estava lá trouxeram à tona vividamente as qualidades opostas dos rapazes e ela achou desagradável forçar-se às atenções que pertenciam ao visitante. E o recebeu apenas como um vizinho.

George voltou para casa e Jane esforçou-se para omitir os crescentes incômodos; e quase foi bem-sucedida, quando chegou uma carta a qual precisou de apenas um olhar para confirmar o local de origem e ela então se recolheu para sua atenta leitura. Foi bom para ela não ter despertado suspeitas de sua mãe ou ter alarmado sua curiosidade para saber de quem tinha vindo a missiva. Depois de lê-la, se encaminhou à tia Abby e a colocou em suas mãos. Tia Abby não era estranha às aflições de Jane.

George não conseguia ter descanso após seu retorno; escreveu para transmitir a Jane as emoções que sua presença havia despertado nele e seu desejo de amá-la e possuí-la como sua. Implorou para saber se suas afeições eram recíprocas, ou poderiam vir a ser. Se ela permitiria que ele escrevesse para ela, se estava livre de obrigações para com outro.

"O que mãe iria dizer?", consultou Jane, quando recebeu a carta das mãos de sua tia.

"Não há muito para confortá-la."

"Agora, tia, George é o tipo de homem que eu realmente poderia amar, eu creio, de tudo que vi dele, você sabe que eu nunca poderia dizer isso de Henry."

"Então não se case com ele", interrompeu tia Abby.

"Minha mãe vai me obrigar."

"Seu pai não vai."

"Bem, tia, o que posso fazer? Você responderia à carta ou não?"

"Sim, responda. Conte-lhe a sua situação."

"Não posso dizer a ele todos os meus sentimentos."

Jane respondeu que tinha gostado muito da companhia dele, que não tinha visto nada ofensivo em seus modos ou aparência, e não estava sob nenhuma obrigação que lhe proibia de receber cartas como amiga e conhecida. George ficou intrigado com a resposta. Ele escreveu para a tia Abby e, através dela, ficou sabendo de toda a situação. Não podia ver Jane se sacrificar, sem fazer algum esforço para resgatá-la. Seguiu-se então outra visita. George ouviu Jane dizer que *o* preferia. Ele então foi ter com Henry na casa dele. Não foi um assunto agradável para se falar. Ser trocado não havia passado na cabeça do vizinho. Ele sacrificaria tudo, exceto sua herança para garantir sua prometida.

"Então você é a causa da recente frieza dela para comigo. Saia! Não vou falar mais sobre isso. O assunto está resolvido entre nós, e assim permanecerá", disse Henry.

"Você não deseja saber o estado real das afeições de Jane em relação a você?", perguntou George.

"Não, vá! Eu disse, vá!", e Henry abriu a porta para que ele saísse.

George retirou-se para a casa da tia Abby. Henry logo o seguiu e apresentou seus motivos à Sra. Bellmont.

Sentindo-se provocada, surpresa e indignada, ela convocou Jane para a sua presença e depois de um longo discurso contra Nab e sua influência satânica sobre Jane, disse a ela que não poderia romper os laços que a ligavam a Henry, não deveria. George Means[1] tinha sido batizado com o nome correto. Ele era, de fato, bastante cruel. Ela conhecia sua família há anos. Seu pai teve quatro esposas e cinco vezes mais filhos.

"Vá para seu quarto, senhorita Jane", ela continuou. "Não quero saber de você na casa de sua tia Nab por um bom tempo."

A tempestade agora era visível para todos os espectadores. O Sr. Bellmont procurou Jane. Ela contou as suas objeções a respeito de Henry, mostrou-lhe a carta de George, falou sua resposta e a razão da visita dele. O pai ordenou que não adoecesse, ele tentaria impedir que a filha fosse obrigada a violar sua livre escolha em situação tão importante. Procurou os dois jovens, disse-lhes que não poderia, como pai, ver sua filha obrigada a uma união involuntária. Uma escolha livre e voluntária era deveras importante para a saúde dela, que deveria ser deixada livre para escolher.

Jane enviou a Henry uma carta de despedida; e ele, para ela, uma de suporte legal, na qual contabilizava seu desapontamento em algumas centenas.

Enfrentar a fúria de sua mãe quase a derrotou, mas os consolos de um pai e tia gentis a animaram. Depois de um intervalo adequado, ela se casou com George e foi levada para a casa dele em Vermont. Assim, outra luz desapareceu do horizonte da Negrinha. E mais outra iria

---

[1] A palavra "mean" em inglês pode ser traduzida como "cruel, vil, maldoso". A autora faz um jogo de palavras com o sobrenome de George, ou seja, George Maldoso, Cruel. (N.T.)

sumir em breve. Jack estava ansioso para testar suas habilidades em prover seu próprio sustento, quando uma vaga de atendente em uma loja lhe foi oferecida em uma cidade do Oeste e, seis meses depois da partida de Jane, foi Negrinha então abandonada às frágeis misericórdias de Mary e sua mãe. Como que para remover o último vestígio de alegria terrena, a Sra. Bellmont vendeu o companheiro e animal de estimação de Frado, o cão Fido.

CAPÍTULO VI

Variedades

Difíceis são os primeiros passos; mas aquela juventude é animada, confiante, e forte em esperança, homens eis seu limiar e desespero.

A tristeza de Frado foi muito grande por causa de seu animal de estimação, e o Sr. Bellmont, com grande esforço, acabou por obtê-lo novamente, para alívio da menina. A privação de todas as fontes de alegria foi certamente uma maneira de valorizá-las ainda mais, e Fido tornou-se para ela uma presença mais valiosa do que os seres humanos que a rodeavam.

James já tinha se casado há vários anos e os pedidos frequentes de uma visita da família foram finalmente aceitos, então, a Sra. Bellmont fez enormes preparativos para uma viagem até Baltimore durante o outono. Mary havia sido nomeada governanta – apenas em teoria, pois na verdade Negrinha era quem realmente trabalhava na prática. Apesar de sofrer da severidade conjunta de mãe e filha, Frado sentiu-se mais segura do que quando foi deixada completamente sob o comando de uma moça explosiva, passional e inconsequente, a qual ela havia sempre odiado e tinha severas dificuldades em obedecer. A provação que tinha de passar. Quando Jack ou Jane estavam na casa, ela obtinha algum refúgio. Apenas um permanecia agora, a boa tia Abby.

Ela viu o cocheiro se afastar rapidamente, levando seu senhor e senhora com pesar, e rogou por um favor apenas: que James pedisse por ela quando retornassem, uma esperança que ela havia confiantemente acalentado por todos esses cinco últimos anos.

Ela agora era capaz de fazer toda a limpeza, passar as roupas, assar, e todo o *et cetera* das tarefas domésticas, embora com apenas catorze anos. Mary deixava tudo para ela fazer, embora exalasse grande responsabilidade. Aparecia na cozinha por tempo suficiente para dar uma ordem, ou melhor, se esquivar; ou insistir no cumprimento de seus desejos em algum departamento com o qual ela era pouco familiarizada, muito menos do que a pessoa à qual ela se dirigia; e de forma tão impetuosa e autoritária que, a fim de escapar do conflito, Negrinha ia frequentemente contra seu próprio discernimento para ganhar uma trégua.

Negrinha ficou doente! Alguém poderia fazer o *trabalho*, certamente, mas não a senhorita Mary. Então, Negrinha trabalhava enquanto conseguia permanecer de pé. E logo desabava no chão ou em uma cadeira, até que pudesse juntar energias para um novo esforço. Mary olhava para ela, a reprimia por causa da sua preguiça, ameaçava contar à mãe quando ela chegasse em casa e assim por diante.

"Negrinha!", gritou Mary, em um dos dias que estava mais doente, "venha aqui para varrer os fios do tapete." Ela tentou arrastar seus membros cansados usando a vassoura como suporte. Impaciente devido ao atraso, a chamou novamente, mas, desta vez, com um pedido diferente: "Traga-me um pouco de madeira, sua burra preguiçosa, rápido!" Negrinha descansou a vassoura contra a parede e começou a obedecer à nova ordem.

Muito tempo se passou! Vermelha de raiva, ela se levantou e gritou: "Por que você está demorando tanto tempo? Traga rápido, eu estou mandando."

"Estou indo o mais rápido que posso", respondeu, entrando pela porta.

"Negrinha vagabunda e atrevida, você! É assim que você me responde?", e pegando um enorme cutelo sobre mesa o atirou, em sua raiva, contra a menina indefesa.

Frado esquivou-se rapidamente e a faca acabou presa a poucos centímetros de onde ela estava. Naquele momento, passou pela mente de Mary uma imagem de derramamento de sangue, na qual ela era a agressora culpada pelas tristes consequências do que por pouco não foi um incidente de verdade.

"Se atreva a contar isso para alguém. Se você contar para a tia Abby, eu te mato", disse aterrorizada. Ela então voltou para seu quarto, escovou os fios ela mesma e lá permaneceu durante um dia ou dois resguardada, e assim se livrou de uma merecida e justificada punição.

Oh, quão longas pareciam as semanas que mantiveram Negrinha subjugada à Mary, mas passaram, como todas as dores e alegrias da terra. O Sr. e a Sra. Bellmont retornaram encantados com a visita e carregados de ricos presentes para Mary. Nenhuma palavra de esperança para Negrinha. James estava bem doente e regressaria a casa na próxima primavera para uma visita.

Essa, pensou Negrinha, será a minha vez de ganhar liberdade. Devo voltar com ele.

Desde o amanhecer até depois que todos já tivessem se retirado, ela estava trabalhando, exaurida, desanimada, desejando alívio.

A exposição do calor ao frio, ou o inverso, frequentemente minava sua saúde por curtos intervalos. Ela não usava sapatos até depois que a geada ou mesmo a neve aparecessem. E descalça permanecia novamente antes que o último vestígio de inverno desaparecesse. Contra essas mudanças repentinas, estava tão fragilmente protegida que quase destruíram seu organismo. Qualquer palavra de reclamação era severamente repelida ou cruelmente punida.

Foi-lhe dito que tinha muito mais do que merecia. De modo que o trabalho manual não era, na realidade, seu único fardo. Porém, tal torrente incessante de repreensões e socos e ameaças o que era suficiente para evitar que alguém mais experiente partisse para a violência física.

É impossível dar uma impressão do prazer manifesto pela Sra. Bellmont nessas cenas na cozinha. Era seu exercício favorito entrar no cômodo de forma ruidosa, vociferar ordens, dar alguns golpes súbitos para acelerar o ritmo de Negrinha, depois voltar para a sala de estar com uma *tal* expressão de satisfação, felicitando-se por suas cuidadosas qualidades nas tarefas domésticas.

Frado costumava se levantar de manhã com o toque do sino para o desjejum. Se ela fosse ouvida mexendo em alguma coisa antes desse momento, Negrinha saberia bem que haveria uma quantidade extra de repreensão para suportar.

Ninguém agora se encontrava entre ela e Frado, exceto a tia Abby. E se *esta* ousasse interferir no mínimo que fosse, era mandada de volta aos seus "próprios aposentos". Negrinha entrava sorrateiramente no quarto de tia Abby, tentava saber dela o que podia em relação ao ausente James e assim conseguia alguma luz na espessa escuridão de cuidados, trabalho pesado e tristeza em que estava imersa.

No início da primavera chegou uma carta de James, anunciando uma saúde em declínio. Ele devia experimentar o ar do Norte como restaurador, e assim Frado preparou-se com alegria para esse agradável aumento da família, em adição a seus cuidados.

Ele chegou fraco, debilitado pela doença, tão mudado que Frado chorou com sua aparência, temendo que fosse tirado dela para sempre. Ele gentilmente cumprimentou-a, levou-a à sala de visitas para que pudesse conhecer sua esposa e filho, e disse muitas coisas para suscitar sorrisos em seu rosto triste.

Frado sentiu-se tão feliz em sua presença, tão a salvo dos maus-tratos! Ele era para ela um abrigo. Ele observou, silenciosamente, a rotina da casa por alguns dias. Negrinha ainda comia suas refeições da mesma maneira que antigamente, tendo a mesma quantidade de comida. Ele, um dia, pediu que ela não retirasse a comida, mas que se sentasse à mesa e comesse.

"Ela vai, mãe", disse ele, com calma, mas imperativamente. "Estou determinado, ela trabalha muito, eu a tenho visto. Agora, enquanto eu ficar, ela vai sentar-se aqui conosco e comer como nós comemos."

Algumas chispas dos olhos negros da mãe foram a única resposta. Ela temeu opor-se onde sabia que não poderia prevalecer. Assim, a antiga postura de ficar em pé da Negrinha e a dieta selecionada desapareceram.

Sua vestimenta era ainda pobre e escassa. Ela não era abençoada com um vestuário de domingo, pois nunca lhe havia sido permitido frequentar a igreja com sua senhora. "A religião não era para os pretos", esta dizia. Quando o marido e os irmãos estavam ausentes, Negrinha conduzia a Sra. Bellmont e Mary para a igreja, então retornava a casa e voltava para buscá-las no final da celebração religiosa, mas nunca permanecia. Tia Abby a levava a algumas reuniões noturnas, realizadas nas redondezas, das quais a Sra. Bellmont nunca participava, e transmitia a ela lições de verdade e graça, enquanto caminhavam para o lugar da oração.

Muitos dos menos piedosos menosprezavam a apresentação de tão dolorosa figura; a Sra. Bellmont raspava os cachos brilhantes da menina que, com seu vestido de pano grosso e touca antiga, não era nada além de um objeto que chamava a atenção. Mas a tia Abby olhava para o interior. Via uma alma a ser salva, uma imortalidade de felicidade a ser assegurada.

Essas noites eram ansiosamente aguardadas por Negrinha, pois eram um agradável alívio do trabalho.

Tal contraste entre as melodias e orações dessas pessoas boas e os tons severos que caíam nos ouvidos dela durante o dia era perfeito.

Logo ela já tinha todas as canções sagradas de memória, e se aliviava do seu trabalho acompanhando estas melodias.

James encorajou sua tia em seus esforços. Ele havia encontrado o *Salvador*, desejava que o coração desolado de Frado se aliviasse, aquietasse e fosse sustentado por

Sua presença. Ele tinha certeza de que havia elementos no coração da criança que, transformados e purificados pelo evangelho, a tornariam digna da estima e da amizade do mundo. Um coração amável e afetuoso, sabedoria inata e senso comum; e a ousadia que ela às vezes exibia, ele sentiu que, se controlada adequadamente, poderia se tornar útil em criar autossuficiência que estaria a serviço dela nos anos que se seguissem.

No entanto, não era possível realizar tudo isso enquanto ela permanecesse onde estava. Ele desejava ser cauteloso em pressionar de muito perto as reivindicações dela para sua mãe, pois aumentaria os problemas que ansiosamente desejava aliviar. Ele a animava com a esperança de retornar com sua família, quando se recuperasse o suficiente.

Negrinha parecia despertada para novas esperanças e aspirações, e percebeu uma ansiedade para o futuro, até então desconhecida.

Para completar a alegria de Negrinha, Jack chegou inesperadamente. Sua saudação foi tão calorosa para ela quanto para qualquer um da família.

"Onde estão seus cachos, Fra?", perguntou Jack, após o costumeiro cumprimento.

"Sua mãe os cortou."

"Então ela achou que você estava ficando bonita, não é? A mesma velha história, é isso, socos e pontapés? Dias melhores virão, não tenha medo, Negrinha."

O quão diferente soava seu nome na fala dele, ele dizia de um tal modo, com um olhar tão maroto!

Ela riu e respondeu que era melhor levá-la para o Oeste como empregada doméstica.

Jack estava satisfeito com as inovações de James na rotina da mesa e, frequentemente, ficava até tarde na sala de jantar para ver Negrinha em seu novo lugar com a família. Como um dia em que ele continuou sentado, depois que a família tinha terminado o jantar, e Frado sentou-se na cadeira de sua senhora e apenas tentava alcançar um prato limpo de sobremesa que estava na mesa, quando a senhora Bellmont entrou.

"Coloque o prato de volta, você não deve utilizar um prato limpo, coma do meu", disse ela. Negrinha hesitou. Comer no prato de James, de sua esposa ou de Jack seria um prazer, mas ser ordenada a fazer o que era desagradável por sua senhora, *porque* era desagradável, era um sacrifício. Olhando rapidamente ao redor, ela pegou o prato e chamou Fido para limpá-lo, o que ele fez com o máximo de sua habilidade, e depois limpando a faca e o garfo no pano de sua roupa, ela começou a comer o jantar.

Negrinha jamais olhava para a sua senhora durante o processo. Ela tinha Jack por perto, não a temia agora.

Insultada, cheia de fúria, a Sra. Bellmont correu para o marido e ordenou que ele advertisse sobre aquela ofensa, que chicoteasse aquela criança; se ele não fizesse isso, James deveria.

James veio da cozinha ouvir a versão sobre o caso. Jack estava vermelho de tanto gargalhar. Ele relatou todas as circunstâncias a James e, puxando uma moeda de meio dólar, brilhante e prateada, do bolso, jogou à Negrinha dizendo: "Ali, pegue aquilo. Valeu a pena pagar."

James procurou sua mãe e disse que "não iria desculpar ou abrandar a impertinência de Negrinha, mas ela não deveria ser chicoteada ou punida de jeito nenhum. Você não a tem tratado, mãe, de modo a ganhar seu amor, ela está apenas exibindo a sua negligência em relação a isso."

A Sra. Bellmont apenas sufocou o ressentimento até que uma oportunidade conveniente surgisse. Na primeira ocasião em que ficou sozinha com Negrinha, deu-lhe uma rigorosa surra, para ensinar a pagar o que se deve, e ameaçou que, se ela a expusesse a James, iria "cortar sua língua".

James a encontrou, ao retornar, soluçando; mas ela, com medo de vingança, não ousou responder às suas perguntas. Ele adivinhou sua causa e desejou que a saúde dele melhorasse, para que então pudesse mantê-la sob sua proteção.

CAPÍTULO VII

A condição espiritual de Negrinha

O que nossas alegrias são para além de sonhos?
E nossas esperanças
Mas agradáveis sombras em nuvem de verão?
H. K. W.

James não se recuperou como se esperava. Mês após mês se passaram e não trouxeram nenhuma perspectiva de melhora de sua saúde. Ele não conseguia caminhar para longe da casa por falta de força. Mas amava sentar-se com a tia Abby no quarto silencioso dela, falar de glórias invisíveis e experiências do coração enquanto planejava o benefício espiritual daqueles ao seu redor. Nessas conversas confidenciais, Frado nunca era omitida. Eles discutiam a opinião predominante de que pessoas de cor seriam realmente inferiores, incapazes de ter cultura e refinamento. Observavam as qualidades de Negrinha, as quais prometiam tanto, caso fossem corretamente direcionadas. "Eu gostaria que a levasse com você, James, quando estiver bem, pra casa com você", dizia tia Abby, numa dessas ocasiões.

"Isso é exatamente o que estou desejando fazer, tia Abby. Susan concorda comigo e pretendemos levá-la. Eu tenho desejado fazer isso há anos."

"Ela parece muito tocada pelo que ouve nas reuniões da noite e me faz muitas perguntas sobre coisas sérias, parece amar ler a Bíblia, eu tenho muita esperança para ela."

"Espero que ela *seja* ponderada, ninguém tem um coração mais amável, capaz de amar tão devotamente. Mas para pensar o quanto o mundo é preconceituoso em relação ao povo dela, faz-se com que seja criada em tal ignorância de modo a sufocar todos os sentimentos mais puros. Quando eu penso no que ela poderia ser, no que ela será, eu sinto como agarrando o tempo até que as opiniões mudem e milhares como ela se levantem em uma nobre liberdade. Eu vi o sofrimento de Frado, por ela ser negra, equivale à agonia. Enoja-me relembrar aquelas cenas. Minha mãe finge pensar que ela não conhece o suficiente para ter com o que se compadecer, mas se pudesse vê-la como eu, quando ela se encontra inteiramente sozinha, exceto pela companhia do seu cachorrinho Fido, lamentando sua solidão e sua condição, acho que se ela não estivesse anestesiada espiritualmente, ela se afastaria. No verão, eu estava caminhando perto do celeiro e, ao parar, ouvi soluços. 'Oh! Oh!', e eu ouvi: 'Por que eu fui criada? Por que eu não posso morrer? Oh, por que tenho que viver? Ninguém se importa comigo a não ser por meu trabalho. E eu estou doente, quem se importa com isso? Trabalho enquanto eu puder suportar, e depois caio e deito onde estiver até que possa me levantar. Sem mãe, pai, irmão ou irmã para cuidar de mim, e então isto: sua preta preguiçosa, preta preguiçosa – tudo porque eu sou negra. Oh, se eu pudesse morrer!'"

"Entrei no celeiro, onde eu podia vê-la. Ela estava agachada perto do feno com seu fiel amigo Fido, e quando cessou de falar, enterrou o rosto em suas mãos e chorou amargamente, depois, afagando Fido, ela o beijou, dizendo: 'Você me ama, Fido, não é? Mas devemos ir trabalhar no campo', ela, então, começou sua jornada. Eu a chamei até mim e disse-lhe que não precisava sair, o feno estava bem.

"Ela possui tanta confiança em mim que faz exatamente o que eu disser a ela. Então encontramos um assento sob a sombra de uma árvore frondosa e lá aproveitei a oportunidade para combater as ideias que ela parecia alimentar em relação à solidão de sua condição e desejo de amigos simpatizantes. Assegurei-lhe que as posições de minha mãe não eram de modo algum generalizadas; que em nossa parte do país havia milhares e milhares de pessoas a favor da elevação de sua raça e que estes desaprovavam a opressão em todas as suas formas; que ela não se encontrava sem compaixão, sem amigos e completamente desamparada. Para que ela tivesse esperança por coisas melhores no futuro. Tendo dito essas palavras de conforto, levantei-me com a resolução de que, se eu recuperasse minha saúde, eu a levaria para casa comigo, independentemente de minha mãe estar disposta ou não."

"Eu não sei o que sua mãe faria sem ela, ainda assim eu gostaria que estivesse longe daqui", disse tia Abby.

Susan veio atrás de seu marido ausente e eles voltaram para seus aposentos.

O mês de novembro foi de grande ansiedade para a situação de James. Sua saúde debilitava-se rapidamente.

Um célebre médico foi chamado e realizou uma operação cirúrgica, como último recurso. Se isso falhasse, não haveria esperança. Claro que ele estava totalmente confinado ao seu quarto, principalmente na cama. Com todo seu sofrimento corporal, toda a ansiedade dele por sua família, a qual ele poderia não viver para proteger, ele não se esqueceu de Frado. Protegeu-a de muitos espancamentos e todos os dias transmitia a ela ensinamentos religiosos. Ninguém, exceto sua esposa, conseguia movê-lo com facilidade como Frado, de modo que, além de seu trabalho diário, ela frequentemente via-se também totalmente privada de seu descanso à noite.

No entanto, insistia em ser chamada, queria mostrar seu amor por alguém que tinha sido tão amigo. Sua ansiedade e sofrimento iam aumentando à medida que as probabilidades de recuperação dele iam ficando duvidosas.

A Sra. Bellmont encontrou-a chorando por causa dele, calou-a e chicoteou-a, acrescentando uma ordem para nunca mais ser vista chorando novamente, porque tinha pouco trabalho a fazer. Frado teve muito cuidado de não derramar lágrimas por James na presença dela depois disso.

CAPÍTULO VIII

Um visitante e uma despedida

Outros cuidados me absorvem, e minha alma
cansada com servil pressa
Olha para seu Deus.

O irmão associado de James nos negócios em Baltimore fora solicitado para se reunir com ele, pois talvez pudesse nunca mais vê-lo novamente.

James começou a falar da vida de forma conclusiva; do paraíso como um lugar com perspectivas imediatas; de aspirações que esperavam a realização na glória. O irmão, de nome Lewis, era um favorito especial da irmã Mary; mais parecido com ela, em disposição e preferências, do que James ou Jack.

Ele chegou o mais rápido possível após o pedido, viu com remorso indicações certeiras da fatalidade em seu irmão enfermo, ouviu suas admoestações – admoestações de uma vida cristã – com lágrimas e proferiu algumas promessas de atenção ao assunto tão caro ao coração de James.

Quão alegremente ele teria concedido auxílio de cura. Mas que terrível! Não estava em seu poder; então, depois de ouvir os desejos e arranjos dele para sua família e negócios, Lewis decidiu voltar para casa.

Ansioso por companhia para casa, ele persuadiu seu pai e sua mãe a permitir que Mary o acompanhasse. Ela não era de jeito nenhum necessária no quarto do enfermo. Ela havia optado por não se fazer útil na cozinha e então estava totalmente determinada a ir.

Assim, todos os baús foram organizados e abarrotados com as melhores seleções do guarda-roupa dela e da mãe, onde os artigos necessitados de última hora poderiam ser devidamente encontrados.

"Negrinha nunca havia sido tão útil antes", Mary observou, e perguntou-se o que a teria induzido a tal mudança em lugar de um mau humor anterior.

Negrinha olhava para além do presente e felicitava-se por alguns dias de paz, pois Mary nunca perdia a oportunidade de informar a mãe a respeito das delinquências de Negrinha, caso fossem dela desconhecidas.

Era estranho que estivesse tão diligente, com tal alívio em perspectiva?

A despedida do irmão doente foi chorosa e triste. James orou na presença deles para sua renovação em santidade e rogou a atenção imediata para as realidades eternas, e conseguiu a promessa de que Susan e Charlie receberiam seus melhores cumprimentos.

Assim que Mary e Lewis iniciaram sua partida, Negrinha se arrastou discretamente para o quarto de tia Abby e, de ponta de pés e se retorcendo de todos os jeitos, exclamou:

"Ela se foi, tia Abby, ela se foi para bem longe", e pulava de cima para baixo, até que tia Abby temeu que ela atraísse a atenção de sua senhora com tais manifestações.

"Bem, ela se foi, tia Abby, espero que nunca mais volte!"

"Não! Não, Frado. Isso é errado. Você estaria desejando a morte dela, e isso não se faz."

"Bem, eu aposto que ela nunca mais voltará, de algum jeito, eu sinto como se ela não fosse voltar."

"Ela é a irmã de James", relembrou tia Abby.

"Então ela é nossa ovelha mestiça, que eu afundei no rio. Eu gostaria que minha mão pudesse *curá-la* também."

"Mas você esquece o que nosso bom pastor nos disse na semana passada sobre fazer o bem para aqueles que nos odeiam?"

"Mas eu não fiz o bem, tia Abby, quando lavei, passei e empacotei todos os pertences velhos dela para livrar-me dela e também a ajudei a arrumar seus baús, e corri de lá pra cá por ela?"

"Bem, bem, Frado, você deve ir terminar suas tarefas, ou a sua senhora virá atrás de você, lembrando severamente da senhorita Mary e outros por aí."

Negrinha se retirou como foi ordenada e sua voz límpida foi ouvida enquanto ia, cantando em notas alegres o alívio que sentia pela partida de uma de suas atormentadoras.

Dia após dia, o silêncio do quarto do doente aumentava. Ele estava impotente e nervoso; e frequentemente desejava mudar de posição, esperando assim obter um alívio momentâneo. Os chamados por Frado eram, portanto, mais frequentes e as noites dela, menos tranquilas. A saúde da menina era prejudicada por constantemente levantar o homem doente e pelo trabalho árduo na cozinha. Ela tentava esconder de James sua frágil saúde, temendo que ele pudesse ter menos repouso se houvesse uma redução no seu quadro de cuidadoras, e a Sra. Bellmont, ela sabia bem, não teria simpatia nenhuma por ela. Por fim, estava tão debilitada que era incapaz de manter-se ereta por qualquer grande período de tempo. *Sentava-se* à mesa para lavar os pratos; se ouvisse o bem conhecido passo de sua senhora, se levantava até que ela retornasse para seu quarto e depois se afundava para descansar um pouco mais. Obviamente, levava mais tempo do que o habitual para terminar os serviços que lhe eram atribuídos. Esse foi um assunto de queixa para Sra. Bellmont, e Frado se esforçou para tirar toda a aparência de doença na presença da senhora.

Mas sua saúde frágil deteriorava-se e ela não conseguia mais esconder sua indisposição. Sua senhora entrou um dia e, encontrando-a sentada, ordenou que fosse trabalhar. "Estou doente", respondeu Frado, levantando-se e andando lentamente para a tarefa inacabada, "e não posso ficar de pé por muito tempo, eu me sinto tão mal."

Com raiva por ela se atrever a responder à sua ordem, repentinamente lhe aplicou um golpe que colocou a menina cambaleante prostrada no chão. Excitada por tamanha satisfação de uma perigosa paixão, ela parecia abandonada à irrefreável maldade e, pegando uma toalha, tapou a boca da sofredora e a agrediu cruelmente.

Frado esperava que ela acabasse com sua miséria chicotando-a até a morte. Ela suportou os golpes com a esperança de um mártir, de que sua desgraça logo se encerraria. Embora sua boca estivesse abafada e os sons muito sufocados, havia uma comoção perceptível, que os ouvidos rápidos de James detectaram.

"Chame Frado para vir aqui", disse fracamente, "eu não a vi hoje."

Susan se retirou com o pedido para a cozinha, onde era evidente que algum tipo de cena brutal acabara de ser realizada.

A Sra. Bellmont respondeu que Frado tinha "algum trabalho para fazer bem agora e quando estivesse concluído, poderia ir."

A aparência de Susan confirmou os medos de seu marido e ele pediu a seu pai, que se sentava ao lado da cama, para ir buscá-la. Era um mensageiro, como bem sabia James, que não podia ser negado; e a menina entrou no quarto, soluçando, e desmaiou de angústia.

James a chamou e perguntou pela causa de sua tristeza. Ela tinha medo de expor a cruel autora de sua miséria, para não provocar novos ataques. Mas depois de muitas súplicas, ela contou a ele tudo, muito do que tinha escapado de seus ouvidos atentos. O pobre James fechou os olhos em silêncio, profundamente machucado com o relato. Então, virando-se para Susan, pediu-lhe para pegar Charlie e sair; "ela precisava de ar fresco", e disse. "E diga a minha mãe que eu quero que Frado sente-se ao meu lado até você voltar. Eu acho que você está desvanecendo, por ficar tanto tempo neste cômodo enfermo." O Sr. Bellmont também saiu, e Frado foi então deixada sozinha com seu amigo. Tia Abby entrou para fazer sua visita diária, e vendo o triste estado da cuidadora, levou-a para seus aposentos para lhe administrar algum revigorante. Ela logo retornou, no entanto, e James manteve-a com ele o resto do dia. E após uma confortável noite de repouso, ela foi novamente capaz de continuar, como de costume, com os seus trabalhos. James insistiu para que ela frequentasse as reuniões religiosas na vizinhança com a tia Abby.

Frado, sob as instruções de tia Abby e do reverendo, tornou-se uma crente na existência futura – uma de felicidade ou miséria. Sua dúvida era, *haveria* um paraíso para o negro? Ela sabia que havia um para James e tia Abby, e todas as boas pessoas brancas, mas haveria algum para negros? Ela tinha ouvido atentamente a tudo que o reverendo dizia, e tudo o que a tia Abby lhe contara, mas era tudo para pessoas brancas.

Como James se aproximava daquele mundo abençoado, ela sentia um forte desejo de seguir e estar com alguém que era tão querido, um amigo amável a ela.

Enquanto exercitava esses desejos e aspirações, participou de uma reunião noturna com tia Abby, e o bom homem exortava a todos, jovens ou velhos, a aceitar as ofertas de misericórdia, a receberem o compassivo Jesus como seu Salvador. "Venham a Cristo", ele exortava, "todos, jovens ou velhos, brancos ou negros, cativos ou livres, venham todos a Cristo para o perdão, arrependam-se, acreditem."

Essa era a mensagem que ela ansiava ouvir, parecia ser falada para ela. Mas ele havia dito que se arrependessem. "O que era isso?", perguntou. Ela sabia que não estava apta para nenhum paraíso, feito para brancos ou negros. Alegremente se arrependeria, ou faria qualquer coisa que a fizesse compartilhar a morada de James.

Sua ansiedade aumentou, seu semblante exibiu marcas de solicitude não vistas anteriormente e, embora ela não contasse nada sobre sua disputa interna, todos observaram uma mudança.

James e tia Abby esperavam que fosse o surgimento de uma boa semente plantada pelo Espírito de Deus. Sua lacrimosa atenção na última reunião encorajou a tia a esperar que sua mente fosse despertada e sua consciência suscitada. A tia Abby notou que ela estava particularmente empenhada em ler a Bíblia, e isso reforçou sua convicção de que um Mensageiro celestial estaria se esforçando com ela. Os vizinhos passavam para saber notícias do doente, e também para verificar se Frado estava "*séria*?". Eles notaram que ela parecia muito atenciosa e sincera nas reuniões. A Sra. Reed era muito questionadora, mas a Sra. Bellmont não viu nenhuma aparência de mudança para melhor. Ela não se sentia responsável pela cultura espiritual da menina, e dificilmente acreditava que ela tivesse uma alma.

Negrinha estava, na verdade, sofrendo muito. Seus sentimentos eram muito intensos em qualquer assunto, uma vez despertados. Ela lia a Bíblia com cuidado e sempre que uma oportunidade se apresentava – quando estava inteiramente isolada em seu aposento, ou ao lado da tia Abby, que a dirigia gentilmente a Cristo e a instruía no caminho da salvação.

A Sra. Bellmont a encontrou um dia lendo silenciosamente a Bíblia. Espantada e relutando em acreditar nos relatos de vizinhos zelosos, sentiu que era hora de interferir. Alí estava ela, lendo e derramando lágrimas sobre a Bíblia. A Sra. Bellmont ordenou que colocasse o livro de lado e fosse trabalhar e que não resmungasse pela casa ou parasse para ler novamente.

Mas havia um pequeno lugar raramente penetrado pelos olhos vigilantes de sua senhora: este era o seu quarto, pouco convidativo e sem conforto, mas, para ela, um retiro seguro. Aí ela ouvia as súplicas do Salvador e tentava penetrar o véu da dúvida e do pecado, que nublava sua alma; desejava destruir os grilhões do pecado e se elevar à comunhão dos santos.

A Sra. Bellmont, como dissemos anteriormente, não se preocupava com o futuro destino de sua criada. Se ela fizesse o que quisesse para o benefício *próprio*, era toda a responsabilidade que reconhecia. Mas ela parecia ter grande aversão para a atenção que Negrinha atrairia, caso se tornasse uma devota. Como resolveria esse assunto? Decidiu então fazer sua queixa a John. Estranho, quando ela sempre era frustrada nessa direção, então recorria a ele. Era hora de fazer algo, pois a menina começava a ler a Bíblia abertamente.

Na noite dessa descoberta, quando iam se deitar, a Sra. Bellmont apresentou o assunto, dizendo:

"Eu quero sua atenção para o que vou dizer. Deixei Negrinha ir às reuniões da noite algumas vezes e, se você acreditar, eu a encontrei lendo a Bíblia hoje, como se esperasse virar uma preta devota e quiçá pregar para pessoas brancas. Então, agora você vê o resultado de ter deixado ela frequentar a escola. Se ela se converter, terá que frequentar as reuniões, pelo menos enquanto James viver. Eu queria que ele não tivesse ideias tão estranhas sobre ela. Parece incomodá-lo saber que pode morrer e deixá-la abandonada. Ele diz que, se melhorasse, a levaria para sua casa ou a educaria aqui. Oh, que horrível! O que esta criança pode significar? Tão cuidadoso também com ela! Ele diz que vamos acabar arruinando a saúde dela, fazendo com que trabalhe tão pesado, e ainda dormindo naquele lugar. Ah, John! Você acha que ele fala com seus bons sentidos?"

"Sim, sim, ela é frágil", respondeu John.

"Sim, *sim*!", ela repetiu sarcasticamente. "Você sabe que esses pretos são como serpentes negras, você *não pode* matá-las. Se ela não fosse resistente, teria sido morta há muito tempo. Jamais uma das minhas meninas conseguiu fazer metade do trabalho que ela faz!"

"Elas tentaram alguma vez?", interpôs seu marido. "Eu acho que ela pode fazer mais do que todas elas juntas."

"Que homem!", disse ela, irritada. "Mas eu quero saber: o que vai ser feito se ela se tornar uma devota?"

"Deixe-a fazer exatamente como ela pensa. Se é confortador para ela, que aproveite o privilégio de ser boa. Não vejo objeção nisso."

"Eu acho que *você* está louco, com certeza. Você não sabe que todas as noites ela vai querer escapar dos trabalhos aqui em casa para frequentar as reuniões? E aos domingos também? E você sabe que temos uma grande quantidade de visitas aos domingos e, portanto, ela não pode ser dispensada."

"Eu pensei que vocês cristãos devessem ir à igreja", observou o Sr. Bellmont.

"Sim, mas quem já imaginou que uma preta fosse, a não ser para levar os outros lá? Porque, de acordo com você e James, nós deveríamos muito em breve ter ela na sala de visitas, tão inteligente como as nossas próprias meninas. É inútil conversar com você ou com James. Se quiser pensar assim, faça como quiser, mas não serão mais que seis meses antes de ela nos deixar e isso não pode! Simplesmente pense em quanto de lucro ela foi para nós no verão passado. Não tínhamos nenhum empregado contratado, ela fez o trabalho de duas garotas."

"E obteve as chicotadas de duas também!", observou o Sr. Bellmont.

"Eu vou lucrar com ela nem que seja à força, se eu não conseguir que ela tenha algum valor de outro modo", retrucou a Sra. Bellmont de forma incisiva. Enquanto essa cena se passava, Frado tentava pronunciar a oração do publicano: "Deus seja misericordioso comigo, uma pecadora."

CAPÍTULO IX

Morte

Nós temos agora
Apenas uma pequena porção do que os homens chamam tempo,
Para manter a comunhão

Veio então a primavera, e James, em vez de melhorar, como se esperaria, piorava a cada dia. Tia Abby e Frado eram aliadas constantes de Susan. A Sra. Bellmont não ousava levantá-lo. Ela não era "forte o suficiente", dizia.

Era deveras ofensivo para a Sra. Bellmont ver Nab próxima de James por tanto tempo. Ela havia tentado diversas artimanhas para impedi-la de visitar com tanta frequência o quarto do doente, mas a tia Abby estava muito bem acostumada aos jeitos dela para se importar. Depois de vários esforços infrutíferos, recorreu ao seguinte recurso. Ao ouvi-la atravessar a entrada de baixo, para subir as escadas, se moveu sorrateiramente e segurou o trinco da porta que levava à entrada superior.

"James não quer vê-la, nem qualquer outra pessoa", disse ela.

A tia Abby hesitou e voltou lentamente para seu próprio aposento, perguntando-se se era realmente James desejava não vê-la. Ela não se aventurou novamente naquele dia, mas ainda se sentia perturbada e ansiosa por ele. Perguntou a Frado e soube que ele não havia piorado. Perguntou ainda se James não queria que ela fosse vê-lo; o que isso poderia significar?

Bem tarde na manhã seguinte, Susan veio ver o que tinha acontecido com a tia.

"Sua mãe disse que James não queria me ver, e eu tive receio de tê-lo cansado."

"Ora, tia? Isso é um equívoco, eu *sei*. O que minha sogra quis dizer com isso?", perguntou Susan.

Na próxima vez que foi à sala de estar, ela perguntou à sogra.

"Por que tia Abby não tem visitado James como normalmente o faz? Onde ela está?"

"Em casa. Espero que fique por lá", foi a resposta.

"Eu imaginei que viria para ver James", continuou Susan.

"Eu disse a ela que ele não queria vê-la, que ficasse fora daqui. Você não precisa se preocupar com isso, lembre-se", ela acrescentou, com um de seus olhares de fogo.

Susan manteve o silêncio. Foi um dia ou dois antes de James mencionar a ausência dela. A família estava jantando e Frado o observava ao seu lado. Ele perguntou a causa da ausência da tia, e ela contou-lhe tudo. Depois que a família retornou, ele enviou sua esposa atrás dela. Quando ela entrou, ele pegou sua mão e disse: "Venha até mim, tia. Venha a qualquer momento, eu sempre estou feliz em vê-la. Eu tenho pouco tempo para estar com você. Venha sempre, tia. Agora, ajude-me a levantar e ver se posso descansar um pouco."

Frado fora convocada e Susan e a Sra. Bellmont, todas tentavam levantá-lo. A Sra. Bellmont era muito fraca, não se sentia capaz de fazê-lo. Assim, as três juntas conseguiram aliviar o sofredor.

Frado voltou ao seu trabalho, a Sra. Bellmont seguiu-a. Agarrando Frado, disse que "curaria ela de sua língua solta" e, colocando a cunha de madeira entre os dentes dela, agrediu-a cruelmente com o chicote de couro cru. A tia Abby ouviu os golpes e foi a cozinha para ver se poderia de alguma forma impedi-los.

Surpreendida por sua aparição repentina, a Sra. Bellmont subitamente parou, mas proibiu-a de remover a madeira até que ela lhe desse permissão e mandou Nab para seu quarto.

Ela então foi torturada, quando o Sr. Bellmont entrou, começou a fazer perguntas que ela não respondeu, porque não podia responder, aproximou-se dela e, vendo sua situação, removeu rapidamente o instrumento de tortura e procurou sua esposa. Iremos omitir essa conversa. Basta dizer que se formou uma furiosa tempestade e que demorou muitos dias até que suas forças se esvaíssem.

Frado estava ficando gravemente doente. Ela não tinha prazer em comer e constantemente trabalhava em excesso, e tinha grade preocupações sobre seu futuro. Ela queria rezar por perdão. E realmente tentou orar. Sua senhora tinha-lhe dito que "não fazia bem nenhum a ela tentar orar; pois a oração era para brancos, não para negros. Tudo o que se exigia dela era que ela ouvisse sua senhora e fizesse exatamente o que ela mandava."

Isso não a satisfez nem apaziguou seus anseios. Ela sabia que suas instruções não se harmonizavam com aquelas do homem de Deus ou da tia Abby. Resolveu perseverar. Não dizia nada sobre o assunto, a menos que fosse questionada. Era evidente para todos ao redor que a mente da menina estava profundamente exercitada. James ansiava em conversar com ela a sós sobre o assunto. Uma oportunidade surgiu brevemente, enquanto a família estava tomando chá. Era costume convocar a tia Abby para manter companhia com Frado, pois a morte dele era esperada a qualquer momento.

Enquanto ela tomava seu assento de costume, ele perguntou: "Você tem medo de ficar comigo sozinha, Frado?"

"Não", ela respondeu, e aproximou-se da janela para esconder sua emoção.

"Venha aqui e sente-se perto de mim, eu gostaria de conversar com você."

Ela se aproximou e, tomando sua mão, ele observou:

"Quão pobre você é, Frado! Eu quero dizer-lhe que temo que nunca mais possa falar com você. É a *última vez*, talvez, que eu fale com você. Você é crescida o suficiente para lembrar-se de minhas palavras moribundas e tirar proveito delas. Eu fiquei doente por muito tempo. Eu morrerei muito em breve. Meu Pai Celestial está me chamando para sua morada. Fosse a vontade dele me deixar viver, eu deveria levá-la para viver comigo, mas, como a situação é diferente, eu irei e vou deixá-la. Mas, Frado, se você for uma boa menina e amar e servir a Deus, será por pouco tempo antes de estarmos na morada celestial juntos. Nunca haverá doença ou tristeza lá."

Frado, dominada pelo sofrimento, soluçava e enterrou o rosto no travesseiro. Ela esperava que ele morresse, mas ouvi-lo falar de sua partida foi algo inesperado.

"Diga-me adeus, Frado."

Ela o beijou e afundou de joelhos ao lado da cama; ele descansou sua mão na cabeça dela; seus olhos estavam fechados; seus lábios se moviam em oração por aquela criança desconsolada.

Sua esposa entrou e, compreendendo a cena, deu a ele alguns medicamentos e retirou-se por um curto período.

Foi um grande esforço para Frado parar de soluçar, porém, ela não ousou ser vista em lágrimas, então sufocou seu sofrimento e desceu para o seu habitual trabalho pesado. Susan percebeu uma mudança em seu marido. Ela sentiu que a morte estava próxima.

Ele olhou-a com ternura e disse: "Susan, minha esposa, nossas despedidas já estão todas ditas. Eu me sinto preparado para ir. Te encontrarei no paraíso. De fato, a morte está rastejando rapidamente sobre mim. Deixe-me vê-los todos mais uma vez. Ensine a Charlie o caminho para o céu. Conduza-o juntamente com você."

A família reuniu-se. Ele não conseguia lhes falar como queria. Parecia afundar-se na inconsciência. Eles o observaram por horas. Tentou respirar por algum tempo, quando pareceu acordar de repente e exclamou: "Escutai! Vocês ouvem isso?"

"Ouvir o quê, meu filho?", perguntou o pai.

"Seu chamado. Olhem, olhem, para os que brilham! Oh, deixe-me ir e finalmente repousar!"

Como se estivesse esperando por esse pedido final, o Anjo da Morte cortou o fio dourado e, então, ele estava no paraíso. À meia-noite, veio o mensageiro.

Eles chamaram Frado para ver seus últimos esforços. Afundando de joelhos ao pé de sua cama, ela enterrou o rosto na roupa e chorou de forma inconsolável. Eles a levaram para fora do quarto. Ela parecia muito absorta para saber que era necessário ir embora. No dia seguinte, ela se esgueirava silenciosamente na câmara sempre que podia para chorar sobre seus restos mortais e refletir sobre as últimas palavras dele. Ela se movia por entre a casa de forma automatizada. Toda tarefa executada – apenas uma abstração de tudo, que demonstrava que seus pensamentos estavam ocupados em outro lugar. Susan desejava que ela fosse ao seu enterro como alguém da família. Lewis, Mary e Jack acharam melhor não comparecer, pois as condições climáticas não lhes permitiriam tempo suficiente para a viagem. Susan emprestou a Frado um vestido para a ocasião, que foi a primeira demonstração de que ela poderia compartilhar seu sofrimento com os demais.

No dia do enterro, ela estava usando seu vestido de luto, mas Susan, em sua dor, esqueceu-se de um chapéu.

Ela procurou apressadamente nos armários e encontrou um pertencente a Mary, aparado com uma fita rosa brilhante.

Era tarde demais para mudar a fita, e ela não estava disposta a deixar Frado em casa. Ela sabia que seria o desejo de James que a menina fosse. Então, colocando-o nela disse: "Não se preocupe, Frado, você verá onde o nosso querido James será enterrado". Enquanto caminhava, ouvia os sussurros dos outros: "Olhe lá! Vejam! Como pode ser, um vestido preto e uma fita rosa!"

Em outras situações, tais observações teriam ferido Frado. Ela tinha agora uma tristeza com a qual nada poderia se equiparar.

Ao ver o corpo dele se abaixar na sepultura, ela desejava acompanhá-lo, mas não estava pronta para morrer. Não podia ir para onde ele estava indo. Ela ainda não amava a Deus; e não servia a ele, tampouco sabia como fazê-lo.

Frado se retirou à noite para lamentar a sua incompatibilidade para com o céu, e olhou para as estrelas que, sentiu, salpicavam à entrada do Céu, sobre o qual James repousava no seio de Jesus, para o qual seus desejos se apressavam. Desejou poder ver Deus e pedir-lhe a vida eterna. Tia Abby havia lhe ensinado que Ele estaria sempre olhando por ela. Oh, se pudesse vê-lo, ou ouvi-lo proferir palavras de perdão. Sua ansiedade aumentou, sua saúde parecia prejudicada, e se sentia constrangida em ir à tia Abby para falar de seus conflitos.

Tia Abby a recebeu como uma filha pródiga; severamente a encorajou a aceitar Cristo, explicou-lhe o caminho, leu para ela um trecho da Bíblia e comentou sobre as passagens aplicadas a seu estado. Ela a advertiu para asfixiar aquela voz que a chamava para o céu; fazia eco às palavras de despedida de James e lhe disse que viesse até ela com suas dificuldades e não se atrasasse a um dever tão importante, como a atenção às verdades da religião e aos interesses de sua alma.

A Sra. Bellmont ocasionalmente dava ensinamentos, embora de forma bem diferente. Ela dizia que não podia ir para onde James estava, e que nem precisava tentar. Se de algum modo ela fosse chegar ao céu, nunca estaria em um lugar tão alto quanto ele.

Ele era a atração. Deveria ela "querer ir lá, se não poderia vê-lo?"

A Sra. Bellmont raramente mencionava seu falecimento, a menos que em tal alusão a Frado. Ela se vestiu de preto como de costume, manteve fechado o véu de luto por diversos Sabás e não diminuiu em nada a sua característica dureza.

Um clérigo fora então chamado para ministrar consolo à viúva aflita e à mãe. A tia Abby, vendo-o aproximar-se da propriedade, soube imediatamente o objetivo da presença ali e seguiu-o para a sala de visitas, sem ser convidada pela Sra. Bellmont! Que ousadia, tamanha afronta! O bom homem deu as condolências, as quais ele ofertava para a aparentemente enlutada e aflita mãe, que falava como uma graduada em assuntos celestiais. Uma tal expressa resignação, que poderia ser agraciada pelo julgamento mais sagrado. Susan, como uma sofredora muda, apoiou sua alma na simpatia e conselho divino dele, mas somente respondia às suas perguntas com monossílabas. Quando ele ofereceu uma oração, Frado entrou sorrateiramente pela porta para que pudesse ouvir sobre a felicidade celestial de alguém que era seu amigo na terra. A oração causou lágrimas profusas, como qualquer lembrança sensível daquele nascido no paraíso certamente causaria. Quando a voz do bom homem cessou, ela voltou ao seu trabalho, removendo cuidadosamente todo e qualquer traço de tristeza. Sua senhora logo a seguiu, irritada com a audácia de Nab ao se apresentar sem ser requisitada na sala de visitas, e a reprovou severamente por sua insolência, pedindo-lhe que se apresentasse com mais respeito. Dolorida por desmerecida reprimenda, enfraquecida devido à tristeza e à ansiedade, lágrimas rolaram por sua face escura, seguidas por soluços, e então Frado perdeu o controle de si mesma chorando em voz alta. Isso foi um ato de desobediência. Sua senhora agarrou seu chicote de couro cru, causando um fluxo ainda mais longo de lágrimas, e feriu um espírito que clamava por curas de misericórdia.

CAPÍTULO X

Perplexidades e outra morte

Sob as ondas do oceano,
Tesouros escondidos esperam a mão,
Que novamente para iluminar os levantará
Com a varinha mágica do mergulhador.
G. W. Cook

A família, reunida pelo falecimento de James, voltou para suas casas. Susan e Charles voltaram para Baltimore. Cartas foram recebidas dos ausentes, expressando consolo e tristeza. O pai se curvou como um "bambu envergado" sob a perda de seu amado filho. Ele sentiu vontade de morrer a morte do justo, uma vez consciente de que não estava preparado, resolveu começar pelo caminho estreito e, após algum tempo, solicitar a entrada pelo portão que leva à cidade celestial. Reconheceu sua culpa em concordar com a esposa quando proibiu que Frado gozasse de seus únicos privilégios religiosos por semanas seguidas. E pediu a sua irmã para levá-la a se reunir mais uma vez, o que ela estava pronta a fazer.

Na primeira oportunidade então, mais uma vez, compareceram a uma reunião. O pastor conversou fervorosamente com cada pessoa presente. Ele ficou surpreso ao encontrar a pequena menina de cor tão solícita e, gentilmente, dirigiu-a para a fonte de água corrente onde ela poderia se lavar e ser limpa. Ele indagou a origem de sua ansiedade, de seu progresso até aquele momento e tentou convencê-la de que Cristo, em vez de James, era a atração do céu. E a convidou para ir até a sua casa, para que ela pudesse falar abertamente com ele, para rezar muito e ler a Bíblia com frequência.

Os vizinhos, que estavam na reunião – entre eles a Sra. Reed – discutiam as opiniões que a Sra. Bellmont expressaria sobre tal assunto. A Sra. Reed chamou e então avisou a Sra. Bellmont de que sua menina de cor "havia relatado sua experiência na outra noite na reunião."

"Qual experiência?", perguntou ela, rapidamente, como se esperasse ouvir o número de vezes que ela tinha chicoteado Frado e o número de chicotadas explicitado em algarismos arábicos.

"Por que, você sabe que ela é séria, não é? Ela contou ao pastor sobre isso."

A Sra. Bellmont não deu nenhuma resposta, mas mudou o assunto com habilidade. Na manhã seguinte, disse a Frado que "não deveria sair da casa em momento algum, exceto para suas obrigações, e se ela não parasse de tentar ser religiosa, a chicotearia até a morte."

Frado refletiu; sua senhora era professora de religião, iria *ela* para o céu? Então ela não iria querer ir. Mesmo se fosse para estar perto de James, não poderia ser feliz com aqueles olhos ardentes observando seu caminho de ascensão. Resolveu investir todo o pensamento no mundo futuro, e se esforçou diariamente para se afastar de toda ansiedade.

O Sr. Bellmont encontrava-se incapaz de fazer o que James ou Jack poderiam conseguir por ela. Falou-lhe com seriedade, disse-lhe que a tinha visto muitas vezes punida sem motivo, que não desejava vê-la atrevida ou desrespeitosa, mas quando ela tivesse certeza de que não era merecedora de chicotes, para que então evitasse como pudesse. "Você está parecendo doente", ele acrescentou, "você já não pode mais suportar apanhar como antes podia."

Não demorou muito para surgir uma oportunidade de tirar proveito dos conselhos recebidos de Sr. Bellmont. Ela foi enviada para pegar madeira e, não retornando tão rápido quanto a Sra. Bellmont calculara, esta então a seguiu, pegou uma vara da pilha e apontou-a para ela.

"Pare!", gritou Frado, "me bata e nunca mais trabalho para você", e, jogando fora o que havia recolhido, permaneceu como alguém que sente a revolta de pensamentos livres e independentes.

Com essa demonstração inesperada, sua senhora, com espanto, deixou cair a arma, desistindo de seu propósito de castigá-la. Frado caminhou em direção a casa, sua senhora atrás dela com a madeira que ela mesma havia ordenado que juntasse. Ela não sabia, antes disso, que tinha o poder de impedir as agressões. Seu triunfo ao vê-la entrar na porta com *seu* fardo pagou-a por muito de seu antigo sofrimento.

Era característico da Sra. Bellmont nunca se levantar em sua majestade, a menos que tivesse certeza de que se sairia vitoriosa.

Esse caso não gerou um "golpe inesperado" como em muitos outros.

Assim, passou-se um ano. A quantidade usual de repreensão, mas menos chicotadas. Sra. Bellmont desejava mais uma vez pelo retorno de Mary, que se ausentara havia mais de um ano, e escreveu-lhe imperativamente para vir rapidamente até ela. Uma carta veio em resposta, anunciando que iria cumprir o desejo da mãe assim que estivesse suficientemente recuperada de uma doença que a acometia.

Nenhuma apreensão séria fora sentida por qualquer dos pais, que constantemente buscavam pelo aviso da chegada dela nos correios. Outra carta trouxe notícias de que Mary estava gravemente doente, a presença de sua mãe fora então solicitada.

Ela partiu de imediato. Mas antes de chegar ao seu destino, uma carta veio aos pais anunciando a morte de Mary.

Assim que as notícias surpreendentes foram recebidas, Frado correu para a tia Abby, exclamando:

"Ela está morta, tia Abby!"

"Quem?", perguntou, aterrorizada com o súbito anúncio.

"Mary, eles acabaram de receber uma carta."

Como a Sra. Bellmont estava ausente, o irmão e a irmã podiam expressar-se abertamente, e ela o procurou nesse novo momento de tristeza para comunicar o consolo que conseguisse obter detalhes sobre a morte prematura de Mary e ajudá-lo em sua jornada até lá.

Parecia um feriado de Ação de Graças para Frado. A cada uma hora ou duas, ela entrava no quarto da tia Abby com alguma pergunta estranha.

"Ela caiu no *rio* novamente, tia Abby, não foi? De qualquer forma, o Rio Jordão é um rio muito grande para nadar. Imagina se ela for para o inferno e lá ficar tão preta quanto eu. A senhora não ficaria brava de vê-la como negra?", e outras perguntas similares, de jeito nenhum aceitáveis para uma dama devota e compassiva; mas Frado não podia evitá-las.

A família voltou de sua triste jornada, deixando os mortos para trás. Negrinha procurava uma mudança na sua tirana; o que a transformaria, se nem a perda de seu ídolo era disso capaz?

A Sra. Bellmont nunca foi conhecida por derramar lágrimas tão profusamente como quando reiterava a um e outro os tristes detalhes da doença e da morte de sua querida filha. Houve, de fato, uma temporada de luto silencioso; era a calmaria dos elementos ardentes. Algumas semanas reviveram as tempestades anteriores e, para variar, pareciam com castigo santificado, mas Frado sentiu-as insuportáveis. Ela decidiu então fugir. Mas para onde? Quem poderia recebê-la? A Sra. Bellmont sempre a representou como feia. Talvez todos pensassem da mesma forma. Então ninguém a levaria. Era negra, ninguém a amaria. Teria que voltar e, assim, ficaria mais do que nunca sob o poder de sua senhora.

Lembrou-se de sua vitória no episódio do feixe de lenha. E decidiu permanecer para fazer o máximo que pudesse, para reafirmar seus direitos quando fossem pisoteados; para retornar mais uma vez a suas reuniões à noite, que haviam sido proibidas. Ela tinha aprendido a conquistar, e não abusaria desse poder enquanto o Sr. Bellmont estivesse em casa.

Mas não era melhor fugir? Para onde? Ela nunca tinha ido longe o suficiente do lugar para decidir que direção tomar. Resolveu falar com a tia Abby. *Ela* mapeou os perigos do seu caminho, sua suscetibilidade em falhar para encontrar amigos tão bons como John e ela mesma. A mente de Frado esteve ocupada por dias e noites. Imaginou-se administrando veneno a sua senhora, livrando ela e à casa de uma praga tão detestável.

Mas foi impedida por uma Providência prevalecente e, finalmente, decidiu permanecer conformada durante o período de serviço, que expiraria quando completasse dezoito anos de idade.

Em poucos meses, Jane voltou para casa com sua família, para aliviar seus pais, sobre os quais anos e aflições haviam deixado as marcas da idade. Os tempos que se passaram desde que deixara a casa tinham, em certo grau, suavizado as oposições ao seu casamento não sancionado com George. Quanto mais a Sra. Bellmont ficava com ela, mais enérgicas pareciam as habilidades dela para ordenar e mais propensas em encontrar falhas e defeitos. Ela própria tinha total controle; e Jane, depois de tentativas infrutíferas, tornou-se enojada, cansada e perplexa e decidiu que, embora sua mãe estivesse sofrendo, não suportava aquela casa. Eles seguiram Jack para o Oeste. Desapareceram assim todas as esperanças de simpatia ou alívio vindas dessa fonte para Frado. Não parecia haver ninguém mais capaz de suportar a opressão daquela casa, além dela. Ela se voltou para a escuridão do futuro com a determinação previamente formada: de permanecer até completar dezoito anos. Jane implorou para que ela a seguisse assim que fosse dispensada, mas a jovem estava tão cansada por causa de sua senhora, que se sentia disposta a fugir de qualquer pessoa que tivesse alguma semelhança sua de nome ou feição.

CAPÍTULO XI

Casamento novamente

Crucificadas as esperanças que me animaram,
Tudo que a terra me favoreceu;
Amor pela riqueza e fama e poder,
Amor, tudo foi crucificado.
C. E.

Escuridão precedente ao dia. Jane partiu, mas Jack agora voltaria. Após a morte de Mary, ele visitara a casa, deixando para trás uma esposa. Uma órfã que morava com um parente, gentil, amável, a verdadeira companheira do afável e generoso Jack. Sua mãe era uma estranha para ela e, claro, tinha o perfeito direito de lhe interrogar a respeito.

"Ela é bonita, Jack?", perguntou a sua mãe.

"Ela parece bem para mim", foi a resposta lacônica.

"O pai dela era *rico*?"

"Não valia uma moeda de cobre, pelo que eu sei, mas nunca perguntei isso a ele", respondeu Jack.

"Ela possui alguma propriedade? Por que se casou com ela?", perguntou a sua mãe.

"Oh, ela *vale um milhão* de dólares, mãe, embora nenhum centavo em dinheiro."

"Jack! Por que você quer trazer um ser tão pobre para a família? É melhor ficar aqui, em casa, e deixar sua esposa. Por que você não tenta fazer melhor e não desonrar seus pais?"

"Não julgue, até você a conhecê-la", foi a resposta de Jack, imediatamente mudou de assunto. Não era uma recomendação a sua mãe, e ela não se sentia preparada para receber a nora cordialmente, agora que deveria vir como esposa dele. Ele estava indignado com o conselho de sua mãe para abandoná-la. A mera sugestão lhe atingia amargamente no fundo da alma. Ele tinha mais para trazer. Ele, agora, também vinha com uma criança. Decidiu deixar o Oeste, mas não sua família.

Após a chegada deles, a Sra. Bellmont estendeu uma fria recepção à sua nova nora, observando seu vestido com explícito escrutínio. A pobreza era para ela uma desgraça e não podia se associar com alguém tão desonrado assim. Essa frieza foi sentida pela digna esposa de Jack, que se esforçou o máximo para se empenhar em ser vista por seus modos amáveis e virtuosos.

A Sra. Bellmont jamais deixava Jack sozinho com ela sem se queixar de um ou outro defeito de sua esposa.

Ele não se importava muito, desde que tais queixas apunhalassem somente seus ouvidos, não permitiria que Jenny fosse incomodada. E passava seu tempo em busca de emprego.

Uma carta veio de seu irmão Lewis, então no Sul, solicitando seus serviços. Deixando sua esposa, partiu para lá.

Sra. Bellmont sentiu que a grande restrição lhe fora removida, já que agora Jenny estava mais do que nunca em seu poder. Planejava fazê-la sentir sua inferioridade, para aliviar Jack desse fardo caso ele não conseguisse fazê-lo sozinho. Ela a observava incessantemente para flagrar algum ato de Jenny que pudesse ser interpretado como uma infidelidade conjugal.

Nas proximidades havia uma família de primos, um jovem da idade de Jack que, por amor a seu primo, ofereceu toda a gentileza necessária à parente desconhecida. Logo chegaram a Jack notícias de que Jenny estava traindo os votos conjugais numa proximidade ilegal com seu primo. Enquanto isso, Jenny foi informada por sua sogra de que Jack não se casou com ela desimpedidamente. Ele tinha outro amor com quem ficaria feliz, ainda mais agora que podia casar. Era muito duvidoso que ele de fato voltasse para ela.

Jenny sentiu-se machucada pelas fofocas indesejadas e, olhando para o filho, decidiu que, por mais que fosse verdade, tinha prometido permanecer firme com o marido. Após algum tempo, o inveterado ódio da mãe se espalhou para os muros vizinhos, se alastrando rapidamente. Eles contaram o segredo adiante até que o mesmo tornou-se sabido de todos, e foi solicitado então o retorno de Lewis, o irmão pelo qual Jack havia sido empregado. Os vizinhos observavam a jovem esposa se esvanecer em saúde e espírito; e encontraram cartas que nunca haviam chegado a seu destino desde que enviadas por cada um deles. Lewis chegou com a alegre notícia de que ele levaria a cunhada para casa com ele.

Que alívio para ela se sentir livre das dolorosas tentações de sua adversária.

Jenny se retirou para se preparar para sua jornada, e a Sra. Bellmont e Lewis tiveram uma longa conversa. Na manhã seguinte, ele disse a Jenny que seriam necessárias roupas novas para torná-la apresentável à sociedade de Baltimore, e que ele retornaria sem ela, pois ela deveria ficar ali até estar devidamente ornada.

Desanimada, ela correu para seu quarto e, depois de aliviar o choro, escreveu a Jack para que viesse, compadecesse dela e que fosse buscá-la. Não houve resposta. A Sra. Smith, uma vizinha atenta e amigável, sugeriu que escrevesse fora de casa e empregasse alguém para postar a carta, podendo assim enganar a Sra. Bellmont que, todos sabiam, havia interceptado a carta de Jenny e influenciara Lewis a deixá-la para trás. Ela aceitou a oferta, e Frado conseguiu resolver o problema de modo que Jack logo veio ao seu resgate, zangado, machucado e para sempre distanciado de sua primeira casa e de sua mãe. Muitas vezes, Frado entrava furtivamente no quarto de Jenny, quando sabia que ela havia sido torturada pela malignidade de sua senhora, e contava alguns de seus próprios encontros com ela, dizendo que poderia ter certeza "de que não a mataria, pois ela já teria morrido muito antes devido ao mesmo tratamento."

Susan e seu filho sucederam Jenny como visitantes. Frado tornou-se uma mulher crescida e, mantendo o que aprendeu, apesar dos poucos privilégios desfrutados antes, estava se esforçando para enriquecer sua mente. Seus livros escolares eram seus companheiros constantes, e todos os momentos de lazer eram dedicados a eles. Susan estava encantada em testemunhar o progresso dela, e alguns pequenos livros seus eram recompensa suficiente para qualquer tarefa imposta, por mais difícil que fosse. Frado mantinha seus livros sempre abertos perto dela, de onde ela podia dar uma olhada enquanto trabalhava para refrescar a alma. A primavera que se aproximava terminaria o prazo dos anos que a Sra. Bellmont reivindicava como período de sua servidão. Sempre que ela superava as marcas dos anos anteriores, ponderava sobre sua situação e se perguntava se *poderia* ter sucesso em conseguir prover suas próprias necessidades. Sua saúde era delicada, entretanto, resolveu tentar.

Logo contava o tempo por dias faltantes para a sua liberdade. A Sra. Bellmont sentiu que não podia poupar a pessoa que se adaptara tão bem a todos os assuntos – homem, menino, governanta, doméstica, etc. Implorou à Sra. Smith para conversar com ela e lhe mostrar o quão ingrato seria deixar uma casa com tanto conforto – o quão perverso era ser ingrato! Mas Frado respondeu que havia tido o suficiente de tais confortos, ela queria novos e, como era tão perverso ser ingrato, ela iria fugir da tentação. A tia Abby dizia que "não devemos nos colocar no caminho da tentação."

Pobre e pequeno Fido! Ela derramou mais lágrimas sobre ele do que sobre o resto.

Amanheceu o dia da partida. Frado se comprometeu a trabalhar para uma família a uma milha de distância. A Sra. Bellmont a dispensou com a certeza de que logo desejaria voltar, e lhe deu de presente uma prata de meio dólar.

Seu guarda-roupa consistia de um vestido decente, sem acompanhamentos supérfluos. Uma bíblia de Susan, que sentia ser o seu maior tesouro.

Agora estava sozinha no mundo. O ano anterior havia sido de sofrimentos resultantes de uma queda, que a deixara manca.

O primeiro verão passou agradavelmente, e os salários ganhos foram gastos em vestuários necessários para a saúde e a limpeza. Embora fraca, estava bem satisfeita com o seu progresso. Trancada em seu quarto, depois de findo o trabalho, ela observava os pobres modelos das roupas que tinha e, pela primeira vez, costurou sua própria vestimenta.

A Sra. Moore, que a empregava, era uma amável amiga, e tentava curar seu espírito ferido com simpatia e conselhos, enterrando o passado nas perspectivas do futuro. Mas a sua falta de saúde era uma nuvem que nenhuma gentil mão humana poderia dissipar. Um pouco de trabalho leve era tudo o que podia realizar. Um clérigo, cuja família era pequena, a procurou e ela foi transferida para lá. Seu comprometimento com a Sra. Moore terminou no outono. Frado estava ansiosa em manter sua reputação de eficiência e frequentemente se esforçava muito além do prudente. No inverno, desistiu totalmente do trabalho e admitiu estar completamente enferma. A Sra. Hale, logo exaurida pelos cuidados adicionais, ficou também doente; e tornou-se necessária a adoção de algumas medidas para o conforto de Frado, bem como para o alívio da Sra. Hale. Tais premonições trevosas que a visitavam quando estava deitada, solitária e triste, nenhum gemido ou suspiro poderiam aliviar.

O médico de família declarou seu caso como de duvidosa definição. Frado esperava que fosse o fim. Ela não podia sentir remorsos ao saber que sua antiga casa estava abandonada e, no entanto, caso precisasse de ajuda, poderia obtê-lo de alguém que agora raivosamente o proveria? A família foi convencida e ficou decidido levá-la para lá. Ela foi transferida para um quarto construído do lado de fora da residência principal, usado anteriormente como uma oficina, onde frio e chuva encontravam livre acesso; e ali lutou com amargas reminiscências e perspectivas de futuro, até que se descobriu pessoa desamparada de sua fé e esperanças e quase desejou acabar com aquilo que a natureza parecia tão tardiamente levar.

A tia Abby fazia suas visitas frequentes e, finalmente, a levou para seu próprio aposento, onde poderia suprir suas necessidades e ministrar mais uma vez a ela as verdades celestiais.

Então, veio a deliberação da família.

"O que deve ser feito com ela", perguntou a Sra. Bellmont, "depois que ela se mudou para lá com Nab?"

"Peça o Doutor, seu irmão", respondeu o Sr. Bellmont.

"Quando?"

"Esta noite."

"Esta noite! E para ela!? Espere até a manhã", continuou.

"Ela já esperou muito tempo, acho que algo deve ser feito logo."

"Eu duvido que esteja tão doente assim", interrompeu bruscamente a Sra. Bellmont.

"Bem, nós veremos o que nosso irmão pensa."

Sua chegada foi desejada por Frado, que o conhecia bem desde sua longa permanência na família e pelo elogio que ele fazia da deliciosa manteiga e queijo feitos por ela, os quais ela provia para a mesa dele. Frado sabia que ele falava com sinceridade.

"Você está doente, muito doente", disse ele, rapidamente, depois de um momento de pausa. "Cuide bem dela, Abby, ou ela nunca vai ficar bem. Tudo está falhando."

“Sim, foi na casa da Sra. Moore”, disse a Sra. Bellmont “Tudo isso foi feito. Ela fazia muito pouco, na maior parte do tempo que esteve aqui.”

“Isso começou muito antes do verão passado. Cuidem bem dela, ela pode nunca mais voltar a ficar bem”, observou o doutor.

“Nós não pagaremos você para tratá-la, você pode procurar na cidade para isso, senhor”, disse a Sra. Bellmont, e saindo abruptamente da sala.

“Oh, meu Deus! Meu Deus!”, exclamou Frado e enterrou o rosto no travesseiro.

Algumas palavras de consolação, e ela estava mais uma vez sozinha na escuridão que a encobriu seus dias anteriores. No entanto, estava certa de que lhe deviam abrigo e atenção, quando incapacitada, e resolveu ficar paciente e permanecer até poder ajudar-se. A Sra. Bellmont não a assistia, nem permitia que sua empregada doméstica ficasse com ela de jeito nenhum. A tia Abby era seu único consolo. A habilidade de enfermeira da tia Abby teve o efeito desejado, e ela lentamente melhorou. Assim que conseguiu se movimentar, a amável Sra. Moore levou-a novamente para casa e concluiu o que a tia Abby tinha iniciado tão bem. Não que ela estivesse bem, ou que jamais estaria, mas havia se recuperado a ponto de ter esperanças de que pudesse prover suas próprias vontades. O clérigo, para cuja casa havia sido levada doente, agora procurava alguém para que olhasse seus filhos doentes, e logo que soube da recuperação dela, novamente solicitou seus serviços.

O que parecia tão leve e fácil para os outros, era em excesso para Frado, e fez-se necessário pedir abrigo mais uma vez. E ela foi levada para onde os doentes encontram asilo.

Todos acreditavam que o lugar onde começara o declínio da saúde deveria ser o local de alívio, então eles pediram mais uma vez por abrigo.

"Não", exclamou a indignada Sra. Bellmont. "Ela nunca mais vai voltar a ficar debaixo deste teto, nunca! Nunca!", ela repetiu, como se cada repetição fosse uma barra de metal que impedisse a entrada de Frado.

Apenas um último recurso: a comunidade deve pagar pelas despesas. Então ela foi removida para a casa de duas donzelas (velhas), que tinham princípios o suficiente para estarem dispostas a ganhar o dinheiro com desembolsos públicos de caridade.

Três anos de exaustiva doença a agastaram, sem que se extinguisse uma vida de aparência tão fraca. Por dois anos essas senhoritas a assistiram e cuidaram dela, mas começaram a se cansar e, finalmente, solicitaram às autoridades que a removessem.

A Sra. Hoggs era uma amante de ouro e de prata, e pedia o favor de encher seus cofres cuidando dos doentes. A mudança causou grave doença.

Por permanecer acamada, depois de um tempo, Frado podia ainda usar suas mãos e, com frequência, pedia para costurar a fim de amenizar o tédio. Ela se tornou muito hábil com a agulha no primeiro ano de liberdade da Sra. Bellmont, e não se esqueceu de suas habilidades. A Sra. Hoggs a elogiava e, como ela melhorava de saúde, estava ansiosa em empregá-la. Ela disse que desse modo poderia substituir suas roupas e, como sua hospedagem seria paga, ganharia assim alguma coisa.

Muitas vezes suas mãos operavam enquanto seu corpo sofria com dor, mas a esperança de que ainda pudesse se ajudar a impulsionava.

Assim, ela calculou suas economias em alguns poucos dólares, e esperava que pudesse em breve estar de posse do dinheiro, quando foi surpreendida com o anúncio de que a Sra. Hoggs a havia denunciado ao médico e às autoridades da cidade como uma impostora. Que ela era, na verdade, capaz de se levantar e ir trabalhar.

Isso provocou uma doença severa que durou duas semanas, quando a Sra. Moore mais uma vez voltou a procurá-la e a levou até sua casa. Ela anteriormente possuía riqueza a seu comando, mas o infortúnio a privara desses recursos e destrancou seu coração para simpatias e favores que nunca havia tomado consciência enquanto duraram. Seu marido, espoliado de seus últimos bens por um lado da família Bellmont, os sustentava por meio de trabalho braçal, tendo ido para o Oeste e deixado sua esposa e quatro filhos pequenos. Mas ela sentia que a humanidade exigia que desse abrigo a alguém que sabia ser digna de uma recepção hospitaleira. O médico da Sra. Moore foi chamado e declarou que ela era uma menina muito enferma, encorajado a Sra. Moore a deixá-la ficar sob seu cuidado; ele queria que as autoridades fossem informadas sobre o desamparo de Frado e pediria assistência.

Alí ela permaneceu até que estivesse suficientemente recuperada para costurar novamente. Veio então a antiga decisão de cuidar de si mesma, para se libertar das caridades desagradáveis da comunidade.

Ela tomou conhecimento de que, em algumas cidades de Massachusetts, meninas faziam chapéus de palha – que era fácil e lucrativo. Mas como *ela* poderia, sendo negra, fraca e pobre, encontrar alguém para ensinar esse ofício a ela? Deus prepara o caminho, quando as ações humanas não veem nenhuma direção. Foi aí então que encontrou uma mulher simples, pobre e humilde, que conseguia ver mérito sob uma pele escura, e quando a mulata inválida contou sobre suas dores, ela abriu a porta e o coração e colocou a estranha dentro de casa. Especialista com a agulha, Frado logo se igualou à sua instrutora e ela também procurou ensinar-lhe o valor dos livros úteis; enquanto uma lia em voz alta para a outra sobre feitos históricos e nomes renomados, Frado experimentava um novo impulso. Ela sentiu-se capaz de elevar-se, sentiu que as informações daquele livro forneciam uma insatisfação indefinida que sentira há muito, mas que não conseguia expressar. Todos os momentos de lazer foram cuidadosamente aplicados ao autoaperfeiçoamento, e um exterior devoto e cristão atraía a confiança dos moradores da vila. Assim, ela passou meses de silêncio crescendo na confiança de seus vizinhos e novos amigos que encontrava.

CAPÍTULO XII

A resolução da questão

Nada novo sob o sol.
Solomon

Alguns anos atrás, dentro da bússola da minha narrativa, apareceram muitas vezes, em algumas de nossas vilas da Nova Inglaterra, fugitivos declarados da escravidão, que relatavam suas experiências pessoais em frases rústicas e despertavam a indignação dos que não eram senhores de escravos contra os irmãos a favor. Um em particular apareceu na nova casa de Frado, e como as pessoas de cor eram raras lá, seria estranho que ela atraísse seu irmão mais escuro, que ele perguntasse por ela; e tivesse sucesso em vê-la, sentisse uma sensação estranha em seu coração em relação a ela, que ele brincasse com seus cachos brilhantes; sentisse orgulho ao provocar um sorriso nela e expor o marfim escondido por finos lábios de rubi; que seus olhos cintilantes fascinassem; que ele a pedisse em casamento; que eles se casassem? O fato de se conhecerem há pouco tempo era, mesmo, uma objeção, mas ela o via com frequência e pensava que o conhecia. Ele nunca falava de sua escravização quando estava sozinho com ela, mas ela sentia que, como sua própria opressão, era doloroso perturbar mais do que o necessário.

Ele era um negro robusto e elegante, cujas costas não mostravam nenhuma marca de chicote, ereta como se nunca tivesse se curvado sob um fardo. Havia uma simpatia silenciosa pela qual Frado sentia-se atraída, e ela abriu seu coração para a presença do amor, aquele tirano arbitrário e inexorável.

Ela se mudou para Singleton, sua antiga residência, e lá então se casou. Aqui estavam os primeiros sentimentos de confiança e repouso de Frado em braço humano. Ela percebeu, pela primeira vez, o alívio de olhar para alguém em busca de apoio e conforto. Ele, ocasionalmente, a deixava para "dar palestras".

Essas viagens se prolongavam frequentemente por semanas. Obviamente, ele tinha pouco dinheiro de sobra. Frado voltou a sentir sua autodependência e, finalmente, foi impelida a resolver isso sozinha. Samuel era gentil com ela quando em casa, mas não fazia nenhuma provisão para sua ausência, o que era, por fim, inusitado.

Ele a deixou à sua sina – embarcou no mar com a revelação de que nunca tinha visto o Sul e de que seus discursos iletrados eram charlatanices para abolicionistas famintos. Mais uma vez sozinha! Embora não de todo sozinha. Uma companhia ainda mais nova logo se forçaria sobre ela. Ninguém a queria com tais perspectivas. Ela própria era um fardo suficiente, quem iria querer mais um outro?

Os horrores de sua condição quase a prostraram, e ela foi novamente jogada ao público para sustento. Então seguiu o nascimento de seu filho. Após longa ausência, Samuel voltou inesperadamente e a salvou da caridade. Recuperando-se de sua doença esperada, ela mais uma vez começou a trabalhar para si e a criança, em um cômodo obtido de uma mulher pobre, mas com recursos melhores. Alguém tão conhecido não seria totalmente negligenciada. Amigos gentis a assistiam quando Samuel estava fora de casa, impedindo-a de sofrer, e quando o clima frio comprimia o caloroso abrigo, um amável amigo os levou para casa e, assim, os resguardou. Por fim, o negócio de Samuel tornou-se muito exaustivo e, após uma longa ausência, notícias chegaram à sua família de que ele se tornara vítima de febre amarela em Nova Orleans.

Muito trabalho era necessário para sustentar Frado, e era mais do que ela conseguia suportar. Assim que seu bebê pôde ser alimentado sem a mãe, ela o deixou a cargo da Sra. Capon e procurou então uma agência, na esperança de reestabelecer sua saúde e obter um meio de vida mais fácil para ela e a criança. Isso proporcionou seu sustento melhor do que esperava. Ela passou por várias cidades do estado em que morou, depois seguiu para Massachusetts. Estranhas foram algumas de suas aventuras. Observada por sequestradores, maltratada por abolicionistas declarados, que não queriam escravos no Sul nem pretos em suas próprias casas, no Norte. Que nojo! Hospedar alguém, comer com alguém, admitir alguém através da porta da frente, sentar-se próximo a um deles. Horrível!

Armadilhas maliciosamente colocadas pelos astutos para prendê-la, as quais ela evitou resolutamente. Em uma de suas excursões, a Providência a favoreceu com um amigo que, compadecendo-se de seu triste estado, gentilmente lhe forneceu uma receita valiosa, com a qual ela própria poderia fabricar um artigo útil para seu sustento. Isso provou ser um modo de subsistência mais agradável e fácil.

E, portanto, até o presente momento, você pode vê-la ocupada preparando sua mercadoria e, então, saindo ao encontro de muitos rostos fechados, mas também ao encontro de alguns amigos e compradores gentis. Nada a retrai de seu propósito constante de elevar-se. Repousando em Deus, ela até agora viajou com segurança. Ainda uma inválida, ela solicita pela sua simpatia, gentil leitor. Não recuse, porque alguma parte da história dela é desconhecida, exceto pelo Onisciente Deus. O suficiente fora exposto para solicitar sua simpatia e ajuda.

Você se pergunta pelo destino daqueles ligados à história *inicial* dela? Apenas poucos anos se passaram desde que o Sr. e Sra. Bellmont foram deste para o outro mundo. À medida que a idade avançava, a Sra. Bellmont ficava mais irritável, de modo que ninguém, nem mesmo seus próprios filhos, conseguiam permanecer com ela, e ela foi acompanhada por seu marido à casa de Lewis, onde, depois de uma agonia de morte indescritível, faleceu. Há apenas alguns meses, a tia Abby também adentrou os céus. Jack e sua esposa também descansam no paraíso, sem serem perturbados por nenhum intruso, e Susan e seu filho ainda estão vivos. Jane tem cachos de prata no lugar dos cachos castanho-avermelhados, mas ainda tem o antigo amor de Henry, e nunca se arrependeu da troca de amores. Frado foi esquecida de suas memórias, como José se esqueceu de seu servo, mas ela nunca deixará de rastreá-las para além da visão mortal.[2]

[2] De acordo com Ronna C. Johnson, nesta passagem a autora faz referência ao livro de Gênesis, capítulo 39, versículo42, da Bíblia, que narra a história de José, um escravo hebreu e o servo egípcio. José interpreta um sonho tido pelo servo sobre fertilidade e lhe pede para interceder junto ao Faraó. O servo se esquece de José até o faraó ter um sonho enigmático. De acordo com Johnson, "a metáfora bíblica representa a mudança de Frado de objeto para sujeito ao estabelecer uma conexão entre uma ocasião comum para a narrativa, a restauração (a família Bellmont) das memórias 'esquecidas' e uma parte da experiência

de Frado que permanece não divulgada, os abusos sexuais". De algum modo, como é pontuado pela autora, algumas de suas memórias/lembranças não foram totalmente divulgadas, pois a mesma evitava "escandalizar" os leitores de seu romance. É interessante perceber que, para Johnson, essas lembranças também se refeririam a abusos sexuais sofridos por Frado e que não são mencionados explicitamente no texto. Retirado de JOHNSON, Ronna C. "Said but not spoken: Elision and the representation of rape, race and gender in Harriet E. Wilson's *Our Nig*. *In*: REESMAN, J. C. *Speaking the other self*: American women writers. The University of Georgia Press: Georgia, 2011, p. 101. Utilizamos a seguinte versão da Bíblia: *Bíblia Sagrada*. Tradução dos originais mediante a versão dos Monges de Maredsous (Bélgica) pelo CenW tro Bíblico Católico. 16ª edição. Revista por Frei João Pedreira de Castro equipe auxiliar da editora. São Paulo: Editora Ave Maria, 1998. (N.T.)

Apêndice

"A verdade é mais estranha do que a ficção" e quem quer que leia a narrativa de Alfrado, irá perceber que a afirmação é verdade.

Aproximadamente oito atrás eu tomei conhecimento da autora deste livro, e sinto um privilégio ao falar algumas palavras em seu nome. Por causa das habilidades de uma palestrante itinerante de cor, ela foi trazida à cidade de W., Massachusetts. Esta é uma cidade antiga, onde as mães e filhas buscam não "lã e linho", mas *palha* – trabalhando diligentemente com as mãos! Aqui ela foi apresentada à família da Sra. Walker, que gentilmente consentiu em recebê-la como uma hóspede em sua casa e imediatamente teve sucesso em encontrar trabalho para ela como uma "tecedora de palha". Por ser muito engenhosa, ela logo adquiriu a arte de fazer chapéus, mas devido a um duro tratamento anterior, sua condição estava grandemente deteriorada, e ela era acometida de períodos de enfermidade. A Sra. Walker deu-lhe, então, um quarto contíguo ao seu próprio cômodo, assim ela conseguia ouvir ao mais desfalecido chamado de Alfrado. Nunca esquecerei a expressão da sua "negra, mas graciosa" face, quando veio até mim um dia, exclamando, "Oh, tia J., eu consegui finalmente encontrar um *lar* – e não somente um lar, mas uma *mãe*. Minha taça transborda. O que devo oferecer ao Senhor por todos esses seus benefícios?"

Meses se passaram e ela estava *feliz* – verdadeiramente feliz. Sua saúde começou a melhorar sob a agradável luz solar na qual vivia, e ela até olhava adiante com *esperança* – alegre esperança no futuro. Mas, meu Deus, "não é o homem dono de seu destino"[3]. Em uma bonita manhã da recém-chegada primavera de 1842, enquanto fazia sua costumeira caminhada, ela por acaso encontrou um antigo amigo dela, o "palestrante" que a trouxe para W. e com ele um escravo fugido. Jovem, bem constituído e muito bonito, ele disse que tinha sido um servente de *casa*, que parecia, de alguma maneira, condizer com seus modos cavalheirescos e trato agradável. O encontro foi completamente acidental; mas foi um mau acontecimento para a pobre Alfrado, como diz sua própria narrativa. Basta dizer, uma familiaridade e um afeto foi formado, que, em tempo devido, resultou em casamento. Em alguns dias, ela deixou W. e *todo* o conforto de sua casa e foi criar morada em New Hampshire. Por algum tempo tudo ia bem, e ela não imaginava nenhum perigo; mas em uma hora má, ele deixou sua jovem e confiável esposa e embarcou para o mar. Ela não sabia nada disso, e esperou por seu retorno. Mas ela esperou em vão. Dias se passaram, semanas se passaram, e ele não voltou; então seu coração falhou. Ela se sentiu abandonada em um

---

[3] Bíblia, *Jeremias* 10, 23.

momento quando, de todos os outros, mais precisava de carinho e atenções reconfortantes de um marido devoto. Por um tempo ela tentou *sustentar-se*, mas isso era impossível. Tinha amigos, mas eles eram em sua maioria parte daquela classe que são os pobres de coisas da terra, mas "ricos em fé." A caridade da qual ela dependia finalmente falhou, e não havia nada que a salvasse da "Casa do Condado"; *deveria* partir. Mas seus sentimentos no caminho para lá, e depois da sua chegada, podem ser melhor expressos em sua própria linguagem; e eu acredito que não haverá quebra de confiança se eu aqui inserir uma parte da carta que ela escreveu para sua mãe Walker, em relação ao assunto.

"A noite antes de eu sair para a pavorosa jornada para a 'casa' a qual seria minha morada, eu arrumei meu baú, cuidadosamente colocando cada pequena recordação de afeição recebida de *você* e meus amigos em W., entre os quais estavam o tinteiro portátil, canetas e papel. Minha bonita e pequena Bíblia foi deixada de lado, pois um lugar mais próximo de meu coração era reservado para ela. Eu nem preciso dizer que não dormi em nenhum momento naquela noite. Minha casa, minha pacata e quieta casa com você, estava diante de mim. Eu conseguia ver meu querido quartinho, com sua agradável janela no leste abrindo de manhã, mas, mais que tudo, eu tinha *você*, minha mãe, deslizando levemente ao entrar e ajoelhando-se perto de minha cama para ler, como ninguém além de você consegue ler: 'O Senhor é meu pastor, nada me faltará'.[4] Mas eu não posso continuar, lágrimas me cegam. Por uma descrição da

---

[4] Bíblia, *Salmos* 22:01 (p. 672).

manhã e do escasso café da manhã, eu devo esperar até um outro momento.

"Nós partimos. O homem que veio até mim era tão gentil quanto podia ser – ajudou-me cuidadosamente a subir na carroça (porque eu não tinha forças), e dirigiu adiante. Por milhas eu não pronunciei uma palavra. Então o silêncio foi quebrado pelo cocheiro pronunciando alguma espécie de palavra que parecia ser compreendida pelo cavalo, uma vez que ele invariavelmente apressava o passo. E então, antes do cair da noite, nós paramos na instituição, preparada para os *sem-teto*. Com fria cortesia a supervisora me recebeu, e pediu a uma das internas que mostrasse meu quarto. Ela fez isso; e eu segui por dois lances de escada. Eu me arrastava como podia; e então ela disse, 'entre lá', eu obedeci, pedindo por meu baú, que foi logo colocado ao meu lado. Meu quarto estava mobiliado com algo parecido com o 'quarto do profeta',[5] exceto que não havia nenhuma vela, então, quando eu consegui me arrastar até a parte de baixo, pedi por luz, e me foi concedido. Então me deitei na cama e chorei, até que não conseguisse mais chorar. Eu me levantei e tentei rezar; o Salvador parecia próximo. Abri minha preciosa Bíblia e o primeiro versículo que atraiu meus olhos foi – "Eu sou pobre e necessitado, contudo o Senhor cuida de mim".[6] Oh, minha mãe, pudesse eu

[5] Uma outra referência à Bíblia, agora presente em *O livro de Reis II*, 4:8-37, sobre Eliseu e a viúva (p. 400-402).

[6] Essa é uma tradução dos versos: "I am poor and needy, yet the Lord thinketh upon me", presente em *Salmos* 40:17. Na versão brasileira, os versos da Bíblia são: "*Salmos* 40:11. Ao menos vós, Senhor, tende piedade de mim; erguei-me, para eu lhes dar a paga que merece. 12. Nisto verei que sois favorável, se meu inimigo não triunfar de mim. 13. Vós, porém, me conservareis incólume, e a vossa presença me

te dizer o conforto que foi para mim. Sentei-me, calma, quase feliz, peguei minha caneta e escrevi na inspiração daquele momento.

Oh, santo Senhor, pelo vosso poder
Tão longe na vida cheguei;
E agora nesta escuridão, tentadora hora,
Oh, Deus, não me perdoai.

Vós não me sustentastes e me alimentaste
Minha infância e juventude?
Não tenho eu depoimentos óbvios
De vossa imutável verdade?

Embora não tenha casa para chamar de minha
Meu coração não deverá descontentar-se;
O santo pode viver em terra desconhecida
E ainda assim em glória brilhar?

Quando o Consolador morava abaixo
Ele escolheu um destino humilde,
Ele veio por si mesmo, mas eis!
O seu próprio não o recebeu.

Frequentemente a montanha era sua morada,
O frio, a terra fria sua cama,
A lua da meia-noite brilhava suavemente para baixo
Na sua cabeça desabrigada.

"Mas *minha* cabeça estava *abrigada*, e eu tentei me sentir agradecida."

Duas ou três cartas foram recebidas depois dessa por seus amigos em W., e então tudo ficou em silêncio.

---

poreis para sempre. 14. Bendito seja o Senhor, Deus de Israel, de eternidade em eternidade! Assim seja! Assim seja!" (p. 688). Na versão inglesa, o Salmo 40 consiste de 17 versículos, enquanto na versão utilizada consiste de 14 versículos. (N.T.)

Ninguém de nós sabia se ela ainda vivia ou se tinha ido para sua morada no alto. Mas parece que ela permaneceu nesta casa até depois do nascimento de seu bebê, então seu infiel marido retornou e a levou para alguma cidade em New Hampshire, onde, por um tempo, ele sustentou a ela e seu pequeno filho decentemente bem. Mas novamente a deixou como antes, de repente e inesperadamente, e ela não mais o viu. Seus esforços foram novamente bem-sucedidos na tentativa de assegurar um escasso sustento por um tempo; mas sua luta contra a pobreza e a enfermidade foi severa. Finalmente, uma porta de esperança se abriu. Um cavalheiro e uma dama gentis acolheram o filhinho dela em sua própria família e proveram todo o necessário para o bem dele; e tudo isso sem esperança de remuneração. Mas deixe que eles saibam, serão "retribuído[s] na ressurreição dos justos",[7] Deus não é desatento a este trabalho – este trabalho de amor. E a aflita mãe, ela também será lembrada. O coração de um estranho foi movido com compaixão e concedeu uma receita a ela para restaurar cabelos grisalhos à sua cor anterior. Alfrado aproveitou-se dessa grande ajuda e tem sido relativamente bem-sucedida; mas sua saúde está falhando novamente; e ela tem se sentido obrigada a recorrer a um outro método de garantir o pão – o de escrever uma autobiografia.

Eu confio que ela encontrará uma pronta venda para seu interessante trabalho; e deixe que todos os amigos que comprarem um volume lembrarem que estão fazendo bem a uma das mais merecedoras e, como eu tenho quase sempre dito, mais desafortunada da família

[7] Bíblia, Lucas 14:14 (p. 1.368).

humana. Eu somente acrescentarei, para concluir, algumas poucas linhas, calculadas para confortar e fortalecer o infeliz e sem-teto. "Sou eu quem venho em teu auxílio, diz o Senhor".[8]

"Sou eu que venho em teu auxílio" promessa gentil
Feita pelo nosso Sumo Sacerdote acima;
Aliviando a mente perturbada
Cheia de ternura e amor.

"Sou eu que venho em teu auxílio" quando a tempestade
Juntar escuridão de todos os lados;
Com segurança de dano iminente
No abrigo de meu seio esconder.

"Sou eu que venho em teu auxílio", santo cansado
Abrigais vossos fardos *em mim*
Oh, como não podeis se cansar ou desfalecer
Enquanto meu abraço vos cercais

Eu tenho me compadecido de toda lágrima
Ouvido e *contado* todo suspiro
Sempre emprestado um ouvido gracioso
Para vosso choro suplicante
O que quer que teu peito ferido sangre
Perfurado por dardos de aflição
Não cuido de todas as vossas aflições
E carrego vós em meu coração?
Em breve o modesto túmulo se tornará
Vosso quieto lugar de repouso
Vosso espírito encontrará pacífico lar
Nas moradas *próximas à minha face*

Há vossa túnica e coroa brilhante,
Ofuscando além do sol

[8] Bíblia, Isaías 41:14 (p. 993).

Logo vós podereis deitar vosso corpo
E vestir tais glórias

Por muito tempo vossa dourada Lira tem sido esticada
A qual nem os anjos conseguem mover;
Nenhuma canção a isso foi cantada
Mas o ensanguentado e moribundo Amor.

Allida

Tendo conhecido a escritora deste livro há vários anos, e conhecendo as muitas privações e mortificações que ela teve que passar, eu o mais voluntariamente adiciono meu testemunho à verdade das afirmações dela. Ela é uma pessoa daquela classe que por alguns são consideradas não apenas mais baixas que os anjos, mas muito abaixo deles próprios; porém, eu tenho há muito tempo aprendido que não devemos olhar para a cor do cabelo, olhos ou pele de um homem ou mulher; a vida deles é o critério pelo qual devemos julgar. A escritora deste livro parece ter sido uma filha de desfortúnios.

Desde cedo em sua vida ela foi privada de seus pais e de todas aquelas cativantes companhias às quais a infância se apega. De fato, podem ter dito que ela não teve esse período feliz, uma vez que, tendo sido levada de casa tão jovem e colocada onde não tinha nada para amar ou se apegar, muitas vezes imagino que ela não cresceu para se tornar um *monstro*; e essas mesmas pessoas que chamam a si mesmas de Cristãs (o bom Deus me livra de tais coisas), elas igualmente arruinaram sua saúde por causa do trabalho duro, tanto no campo quanto em casa. Ela era de fato uma escrava, em todo o sentido da palavra, e uma solitária também.

Mas ela encontrou alguns amigos neste mundo degradado, que estavam dispostos a fazer pelos outros o que gostariam que os outros tivessem feito para eles mesmos; que estavam dispostos a deixá-la viver e ter uma existência na terra com eles. Ela nunca aproveitou nenhum grau de confortável saúde desde que fez dezoito anos de idade, e uma grande parte do tempo ficou confinada ao seu quarto e sua cama. Ela está agora tentando escrever um livro; e eu espero que o público olhe favoravelmente para ele, e o financie porque ela é uma mulher merecedora.

Sua própria saúde sendo fraca e tendo uma criança para cuidar (a propósito, ela já foi casada), ela deseja educá-lo. Na sua doença ele foi retirado dela e mandado para a fazenda do condado, porque ela não podia pagar pela hospedagem dele toda semana; mas assim que foi capaz, ela o tirou daquele *lugar*, e agora ele tem uma casa onde é contente e feliz, e onde é considerado tão bom quanto aqueles que estão com ele. É um garoto inteligente, esperto e sem dúvida se tornará um homem esperto, se for cuidadosamente orientado. É amado por seus companheiros de brincadeiras e por todos os amigos da família; uma vez que a família não reconhece como amigos aqueles que não o incluem em suas próprias famílias ou como um deles, e a mãe dele como uma filha – porque eles a tratam como tal; e ela certamente merece todo o carinho e bondade que lhe são conferidos, e eles estão sempre felizes de ter a visita de Frado, sempre que quiser. Não são ricos, mas o ferrolho da porta está sempre aberto quando a humanidade sofrida precisa de um abrigo; o último pedaço de pão estão dispostos a dividir com aqueles mais necessitados que eles mesmos, lembrando estas palavras, faça o bem quando temos a oportunidade, e sempre encontraremos oportunidade se tivermos disposição.

E agora eu direi: eu espero que aqueles que chamam a si mesmos amigos de nossa irmã da pele mais escura estendam a ela uma mão e assistam essa nossa irmã, não em doar, mas em comprar o livro; o custo é insignificante, mas a recompensa de fazer o bem é grande. Nosso dever é para com nosso próximo, e quando deixamos uma oportunidade passar, não sabemos o que perdemos. Portanto, devemos fazer com toda nossa força o que nossas mãos encontrarem para fazer; e lembrar as palavras Dele que foi sobre fazer o bem, na medida em que tiveres feito o bem para pelo menos um daqueles irmãos, a mim os terá feito, e nem um copo de água será esquecido. Portanto, deixe-nos trabalhar enquanto os dias durarem, e de modo algum perderemos nossa recompensa.

Margaretta Thorn
Milford, 20 de julho de 1859.

Sentindo um profundo interesse no bem-estar da autora deste livro, e esperando que a sua circulação seja extensiva, eu desejo dizer algumas palavras em seu nome. Eu a conheço há vários anos e sempre a considerei digna da estima de todos os amigos da humanidade; uma pessoa cuja alma está viva para o trabalho para o qual coloca a mão. Embora sua compleição seja um pouco mais escura do que a minha, eu considero um privilégio associar-me a ela e ajudá-la sempre que uma oportunidade se apresentar. É por essa razão que escrevo estas poucas linhas, sabendo que este livro deve ser interessante para todos que têm algum conhecimento da personalidade da escritora ou gostariam de ter. Espero que ninguém se recuse a ajudá-la em seu trabalho, uma vez que ela é merecedora da simpatia de todos os cristãos e aqueles que têm uma fagulha de humanidade em seus corações.

Acreditando ser desnecessário escrever uma longa epístola, eu concluo pedindo que Deus dê a ela sucesso.

C. D. S.

Este livro foi composto nas tipografias Gentium Basic e Adobe Caslon Pro e impresso no papel Pólen 80g/m^2 (miolo) e papel Cartão 250 g/m^2 (capa), na primavera de dois mil e vinte dois.

SOBRE A EDITORA

Ao longo de mais de quatro décadas de atividades, a Mazza Edições empenha-se em levar aos seus leitores, dentro e fora do país, obras que tratam de maneira crítica alguns dos mais relevantes temas das culturas brasileira e afro-brasileira.

Maria Mazarello Rodrigues, fundadora da Mazza Edições, tem seu percurso intelectual e humano marcado pela atenção às questões políticas e culturais que conferem dinamismo à sociedade brasileira. Sua experiência editorial provém, dentre outros fatos, de sua presença à frente das Editoras do Professor e Vega, nos anos 60 e 70, bem como do Mestrado em Editoração que realizou na Universidade Paris Nord – Paris XIII, na França.

Desde a sua criação, em 1981, a Mazza Edições testemunhou alguns dos principais acontecimentos do Brasil contemporâneo, dentre eles, a luta dos cidadãos e das entidades democráticas contra a censura durante a chamada "década perdida" e a recente consolidação dos direitos sociais por parte expressiva da população brasileira.

A Mazza Edições reflete em seu catálogo o empenho de escritores e leitores, que acreditam na construção de uma sociedade baseada na ética, na justiça e na liberdade. Atenta a isso, a Editora investiu na publicação de obras que abordam os diversos aspectos das culturas brasileira e afro-brasileira.

As áreas de atuação da Mazza Edições são: Antropologia, Sociologia, História (publicações referentes às práticas do sagrado, aos movimentos sociais e à formação da historiografia brasileira), Educação (publicações sobre as relações entre escola e sociedade, material didático e paradidático), Literatura Brasileira (prosa e poesia contemporâneas), Literatura Infantil e Infantojuvenil (coleções interativas e paradidáticas, livros de imagens).

Em face dos desafios gerados pela nova ordem social no Brasil e no mundo, com destaque para a aceleração do fluxo de informações, a Mazza Edições se propõe a atuar com sentido crítico para oferecer aos seus leitores obras instigantes, voltadas para a compreensão de nosso tempo.